Flórida

Olivier Bourdeaut

Flórida

TRADUÇÃO
Monica Stahel

autêntica contemporânea

Título original: *Florida*

EDITORAS RESPONSÁVEIS
Ana Elisa Ribeiro
Rafaela Lamas

PREPARAÇÃO
Sonia Junqueira

REVISÃO
Ariadne Martins

CAPA
Diogo Droschi

FOTOGRAFIA DE CAPA
Cheryl Casey/Adobe Stock

DIAGRAMAÇÃO
Waldênia Alvarenga

Dados Internacionais de Catalogação na Publicação (CIP)
(Câmara Brasileira do Livro, SP, Brasil)

Bourdeaut, Olivier
Flórida / Olivier Bourdeaut ; tradução Monica Stahel. -- 1. ed. -- Belo Horizonte, MG : Autêntica Contemporânea, 2025.

Título original: Florida.

ISBN 978-65-5928-548-8

1. Ficção francesa I. Título.

25-256161 CDD-843

Índices para catálogo sistemático:
1. Ficção : Literatura francesa 843

Aline Graziele Benitez – Bibliotecária – CRB-1/3129

A **AUTÊNTICA CONTEMPORÂNEA** É UMA EDITORA DO **GRUPO AUTÊNTICA**

Belo Horizonte
Rua Carlos Turner, 420
Silveira . 31140-520
Belo Horizonte . MG
Tel.: (55 31) 3465 4500

São Paulo
Av. Paulista, 2.073 . Conjunto Nacional
Horsa I . Salas 404-406 . Bela Vista
01311-940 . São Paulo . SP
Tel.: (55 11) 3034 4468

www.grupoautentica.com.br
SAC: atendimentoleitor@grupoautentica.com.br

Para Suzon

As únicas pessoas reais são as que nunca existiram, e, se um romancista é tão ruim a ponto de buscar seus personagens na vida do dia a dia, ele deveria pelo menos fingir que os criou em vez de se vangloriar de tê-los copiado.

Oscar Wilde

1

Não é engraçado que, num país de vencedores, minha maldição seja a de um dia eu ter vencido? Não um dia qualquer: o dos meus sete anos. Minha mãe dizia que eu era muito bonita e não muito boba. A ordem dos elogios é importante, a forma também. Eu era muito bonita, uma afirmação. Não muito boba, uma negação. Ela também era bonita e bastante inteligente. Por essa razão, jamais compreenderei aquele dia de aniversário e todos os que se seguiram durante cinco anos. Quer dizer, agora compreendo, sim. Compreendo, mas não perdoo. Não perdoarei nunca.

Cinco anos é muito tempo. Vamos voltar à origem. É meu aniversário!, devo ter exclamado ingenuamente ao acordar. Falei muito nisso, mais do que nos anos anteriores, pela simples razão de que fazia duas semanas que minha mãe anunciava uma surpresa maravilhosa. Nunca a tinha visto tão cheia de si, eu deveria ter desconfiado. Não conhecemos muito bem nossos pais quando temos sete anos. Um sorriso misterioso, uma voz que soava falsa e, sobretudo, uma impaciência grande demais ao evocar aquele dia, tive até medo de que ela mesma soprasse minhas velinhas e devorasse meu bolo numa garfada só. Teria sido melhor.

Nenhuma amiga convidada. É o que entendo quando vejo minha mãe aparecer com uma grande caixa retangular de papelão branco. Geralmente abrimos os presentes na frente de todo mundo. É mais divertido. Se é para eu abrir meu embrulho sozinha, na hora do almoço, é porque não haverá convidadas. Enfim, minha mãe está ali, sim. Ela se acha suficiente, talvez imagine que é minha amiga e, por que não, a melhor amiga, diga-se de passagem. Fita vermelha, grampos, papel de seda, arranco tudo. É um vestido, que surpresa! Um vestido branco de princesa: pérolas, rendas, fru-frus e brilhos, é o cúmulo da alegria. Mas por que tanto entusiasmo por uma surpresa tão banal? Bem, porque a surpresa não é essa. O vestido é a primeira etapa da surpresa. O banho e a escova de cabelo são a segunda. Depressa, vamos nos atrasar. Ela está trêmula, a ponto de me enfiar os pelos da escova no couro cabeludo. É uma bela surpresa que me umedece os olhos. Ela se desculpa, mas precisamos mesmo nos apressar, temos encontro marcado com meu presente, é sério.

Uma sala polivalente, uma luz amarela, piso azulejado branco, bandeirinhas coloridas se agitando, estamos longe do palácio de conto de fadas. Por falar em fadas, estou cercada delas. É um castelo fajuto com princesas por todo lado. Os pais estão ali, assentando diademas, ajustando bainhas, tirando fotos; estão orgulhosos, sorridentes, angustiados, eu os compreendo, não é pouca coisa ser pai ou mãe de uma princesa. Isso não os torna rei ou rainha?

Minha mãe, como rainha, repassa meu script. Ela me dá instruções. Caminhe delicadamente até o trono, quer dizer, a passarela. Sorria, mas não muito, recomenda, só isso, é fácil. Ela parece segura desde que chegou. Acredita nas minhas chances. Para ela, sou mais bonita do que as outras. Portanto, vou acabar com elas. É esta a minha surpresa, meu presente: humilhar outras meninas. Na hora, não vejo as coisas assim, é evidente. E tudo bem. Dou alguns passos, alguns sorrisos, algumas meias-voltas, e eis-me rainha de beleza. É bem fácil ser Cinderela. Para uma surpresa, que sucesso. O título me dá direito a um presente, mais um, um estojo de maquiagem. Tenho uma taça, um vestido e batom. Bendito aniversário. Qual a menina que não sonha ser a princesa mais bonita? Quase nenhuma. Estou muito feliz, ajeito minha coroa, estou orgulhosa, minha mãe está levitando e, no entanto, essa vitória é o início do inferno.

2

Muitas vezes na vida mudei de aparência, mas nunca mudei de nome nem de sobrenome. São duas coisas estáveis em mim, meu nome e meu sobrenome. As únicas. Elizabeth Vernn, duas palavras que permitem fazer a ligação entre o que sou hoje e o que era quando nasci. Desde o dia dos meus sete anos, meu corpo e eu estamos em quartos separados. O distanciamento se fez aos poucos. Nós nos separamos porque, para continuar com a cabeça boa, eu precisava que o julgamento dos outros a meu respeito não me atingisse.

Depois da minha vitória, ao voltar para casa, eu ainda era dona de mim. Foi uma euforia. Dançamos na sala com minha mãe, pulamos para todo lado. Ela me cobriu de beijinhos, de elogios, de olhares ternos. Eu era realmente a mais bonita, sem dúvida. Quando meu pai chegou, parecia aliviado por ver que eu tinha vencido. Deu-me os parabéns, congratulou-se pela alegria que reinava em seu lar. Não era frequente ver a esposa de bom humor. Então, se aquele concurso de minimiss coroava sua filhinha e deixava sua mulher alegrinha, por que se privar?

Pena, de fato, interromper tão bom caminho. Um título de princesa deve ser defendido, deve ser mantido.

Antes de sair do castelo fajuto, mamãe pegou todos os formulários de inscrição e os folhetos de apresentação. É muito fácil, há concursos de minimiss em todo lugar e o tempo todo. Mas, como eu já não era uma qualquer, como não podia me rebaixar a participar de qualquer coisa, a Rainha-mãe selecionou uma competição do meu nível. A ideia me agradava, imagine só, eu era uma menina anônima e muito tranquila; um vestido, sorrisos, uma pirueta e me tornei rainha de beleza. Por que não repetir? Eu era bonita, tinha de aproveitar. Ao sair da escola, íamos percorrer as lojas em busca do envoltório que me permitisse brilhar mais uma vez. Era realmente delicioso. Minha mãe me olhava de um jeito diferente, eu me olhava de um jeito diferente. Nossa vida tinha mudado.

Antes eu nunca havia ganhado nada. Aliás, nunca havia realmente procurado ganhar coisa nenhuma. Sempre dava o meu melhor, e era o que me convinha. Era boa aluna, comportada e séria. Gostava de aprender, gostava de ir à escola todas as manhãs. Tinha amigas, a professora gostava de mim, tudo ia bem. De fato, eu não me questionava sobre minha condição, mas, quando alguém se torna princesa, tudo muda. As pessoas dizem, falam, não dá para ser diferente, vem alguma popularidade, isso tem suas vantagens. Inconvenientes também: surgem invejas, mudanças de comportamento, já não dá para agir como antes. Na saída da escola, algumas mães nos devoram com os olhos, outras nos ignoram, outras nos fuzilam com o olhar. Uma delas veio dizer à minha mãe tudo o que achava de ruim da minha condição de princesa. Que idiota, e daí?, pensei na hora. É inveja, minha mãe concluiu, perturbada pela sorte sombria que a mulher anunciava para meu futuro. Penso nela com frequência.

Mas, quando estamos na plataforma de lançamento, é inútil e perigoso olhar o que está acontecendo em volta. É preciso olhar para a frente. E, diante de nós, três semanas depois da minha vitória, havia uma competição mais elaborada. Seriam três desfiles e, portanto, três trajes. Minha mãe e eu vivemos três semanas em estado de graça. Ela me tratava um pouco como igual, perguntando minha opinião, minhas vontades. Olhávamos revistas para observar as poses das modelos, eu as imitava. Reaprendi a andar, treinei sorrisos. Tudo o que se faz naturalmente precisava ser feito de um jeito diferente. Sexta-feira, ao sair da escola, ensaiamos muitas vezes, até muito tarde. Era a primeira vez que eu ia dormir depois da meia-noite. Lembro-me de um cansaço imenso e de uma grande satisfação ao ir para a cama. Aos poucos o cansaço será um simples vazio; e a satisfação, uma lembrança longínqua.

A competição era num lugarejo cujo nome esqueci. Lembro que era bem longe, três ou quatro horas de estrada. O castelo, gigante, era tão fajuto quanto o anterior. Sempre piso de azulejos brancos, luzes diretas, paredes amarelas, posters de minimisses colados por todo lado, mas à altura de uma criança, isso tinha me marcado. Não competíamos apenas com as candidatas atuais, mas com as campeãs anteriores. As rainhas do passado nos encaravam com ar de desafio. Tente ser mais bonita do que eu, se for capaz, sugeriam os olhares de purpurina. O ambiente não era tão simpático quanto o da primeira vez, era mais profissional. Tratava-se de obter qualificação para ter acesso ao concurso seguinte. Então, com isso em jogo, obviamente ninguém estava ali para se divertir, sobretudo os pais, que lembravam à sua campeã mirim a importância da missão, o trunfo, o preço das roupas, o tamanho do trajeto, as horas de ensaio.

Cabe dizer que a pessoa pode tornar-se princesa aos três anos. Já é assim há muito tempo nas antigas monarquias do Velho Continente, e também é assim no reino da Flórida, no condado de Miami-Dade. Descobri isso naquele dia e, para ser sincera, achei bonitinho. O concurso começa pelas bebês. É bem-organizado, a capacidade de concentração delas é menor. Um desfile de modelos de menos de um metro, às vezes de fralda, uma gracinha. Elas tropeçam, choram, sorriem, gritam, caem na gargalhada, fazem de tudo. As bebês não têm nenhuma consciência profissional. Alguns pais lamentam isso. A categoria seguinte é mais digna, mais séria, com cinco anos a criança é maior e mais obediente. As coreografias são aprendidas e mais ou menos executadas. Nunca vou me esquecer da número três. Michelle gostava de sorvete de chocolate, de comida mexicana, adorava ouvir música country com os pais e, é claro, queria um dia ser Miss América. Talvez por causa da comida mexicana, do sorvete, do exagero do objetivo final ou simplesmente por ver o pai filmando e a mãe roendo as unhas, o fato é que a graciosa Michelle defecou na passarela. Cocô espalhado por todos os fru-frus dela e a música country que continua urrando. O espanto é tão grande que ninguém desliga a música, o espetáculo continua e Michelle sente-se obrigada a remexer a bunda e os braços. Está com a cara roxa, o vestido marrom e rebola olhando para os pais e para o júri. Está perdida. Claro que todas as crianças dão risada, alguns adultos também. Os jurados estão atordoados, e a canção parece não querer terminar. Michelle tinha aprendido uma longa coreografia, agarra-se ao que ainda lembra, um passo à frente, mão no quadril, e termina com uma reverência, chapinhando nos excrementos. Dei risada, como as outras crianças. Minha mãe me diz que isso acontece, que não é grave, parece meio constrangida. O presidente do júri fala ao microfone, depressa e alto, diz alguma bobagem para preencher o tempo enquanto o pai de Michelle limpa a passarela. Ela será a segunda princesa, ainda pode se tornar Miss América se conseguir controlar o estresse e o esfíncter.

É a vez da minha categoria, o palco ainda está úmido e cheirando a água sanitária. Tudo corre às mil maravilhas. A concorrência é brava. Aos três anos, são os pais que decidem pelos filhos. Aos sete, começa a coprodução. Às vezes as crianças são voluntariosas, ou pelo menos acabam sendo, forma-se uma equipe familiar, ninguém está para brincadeira, todos se concentram. A garota ao lado usa cílios postiços e, séria, pede ao pai que verifique vários itens de sua roupa, um botão está quase caindo. Depressa mamãe, linha, agulha, faltam dois minutos. Ela se irrita porque a mãe está devagar. Aquela menina me dá medo. Ela ganha. Sou a segunda.

Viu só, mamãe, ela fez cocô por todo lado, eu digo no carro, dando risada. Decerto estava doente, isso acontece, ela responde. Depois, um pouco severa, constata que não nos empenhamos o suficiente. Lembro que, chegando em casa, eu a ouvi dizer ao meu pai, cílios postiços numa menina de sete anos, imagine só, alguns pais exageram. Dois meses depois, eu estaria de cílios postiços.

3

"Não gosto de segunda-feira", Brenda Ann Spencer declarou aos policiais que a detiveram depois de sete horas de festival de tiro contra alvos humanos. Ela acabava de praticar tiro ao prato contra as crianças da escola que havia debaixo de sua janela. Matou o diretor e o vigia também. Nasci em 1989, dez anos depois daquele tiroteio. No Natal, Brenda ganhara de presente do pai um rifle 22 de longo alcance, semiautomático, com luneta. Há presentes que são perigosos. A espingarda de Brenda matou duas pessoas e feriu meia dúzia de crianças. Depois da Grande Bertha, a pequena Brenda. Meu vestido de princesa fez uma vítima, meu corpo. Os concursos de minimiss mataram muito mais corpos do que a espingarda de Brenda Ann Spencer, uma hecatombe silenciosa. Durante os cinco anos que duraram aqueles fins de semana de concursos, posso afirmar que adorei as segundas-feiras.

Saibam que eu não era tão bonita assim, enfim, não o suficiente. Sempre havia alguma outra mais bonita do que eu. Eu tinha um físico passável. Nunca subi ao degrau mais alto do pódio, o que me deixava um pouco triste, pelo menos no começo, e aborrecia a Rainha-mãe. Sem que eu tivesse pedido nada, ela tinha me injetado certa vaidade na veia. Como com todas as drogas, eu constataria mais tarde, é preciso continuar para manter a euforia, senão vem a depressão, a tristeza, a insatisfação consigo mesma e com os outros também, tudo isso. Depois de meses de derrotas, passei a detestar minha mãe, os jurados e todas as concorrentes. Não seria com uma espingarda que eu resolveria a questão, mas com um lança-chamas. Se meu pai tivesse me dado um de presente de Natal, eu teria queimado os castelos fajutos e todos os seus habitantes. Teria transformado as princesas em tochas, os júris em fogos de artifício e minha mãe em vela, um *Columbine* inflamado.

Mas, no fundo, apesar de tudo eu queria voltar, para ganhar de novo. Seja como for, tinha ido por vontade própria durante alguns anos, tenho minha parcela de responsabilidade, imagino. Sentia uma bola no estômago a semana toda e achava que se ganhasse de novo ela desapareceria. Nada é fácil quando se trata de orgulho. Estava começando a odiar minha mãe seriamente, mas ainda assim queria lhe oferecer um sucesso. Eu me detestava, mas ainda assim queria que gostassem de mim. Devo dizer que a primeira vitória tinha sido de uma simplicidade incrível. Acho que só tinha um pouco de maquiagem nas pálpebras, uma preparação rudimentar. Isso se chama sorte de principiante. Mas, depois da sorte, vêm o trabalho, os esforços e artifícios. O trabalho são os ensaios todas as noites, depois do dever de casa, tudo bem. Esforços são as restrições diárias de tudo o que é bom, ainda vai. Quanto aos artifícios, a coisa era mais complicada. Para mim, começava já na sexta-feira à noite, quando o cabeleireiro da minha mãe vinha me depilar as sobrancelhas. Elas são depiladas na sexta-feira no fim da tarde porque é preciso dar um tempo para a vermelhidão desaparecer, e colocam-se os cílios postiços no sábado de manhã para que fiquem bem firmes. Aquele rapaz, Warren, era simpático, mas, pensando agora, me pergunto o que passa pela cabeça de um cabeleireiro ao aplicar cera na testa de uma menina. O que ele diz ao sair do salão? Vou indo, tenho hora marcada, vou transformar uma menina em princesa? Bem, é seu trabalho, mas francamente... Aprendi esta palavra mais tarde: deontologia. Depilar as sobrancelhas é uma questão pessoal, suponho. Nunca tinha pensado nisso, minha mãe achava indispensável. Indispensável era sua palavra favorita. Tudo era, tudo se tornava indispensável. Aquela palavra encerrava todas as conversas. Palavra mágica invocada para fazer que tudo fosse aceito. Quanto mais eu perdia, maior se tornava a quantidade de coisas indispensáveis. Sexta-feira à noite, então, Warren me aplicava cera e arrancava os pelos indesejáveis. A infância é conhecida por ser um período peludo. Sábado, no fim da manhã, Warren voltava para a última etapa, antes de entrarmos no carro para percorrer horas de estrada. Antes disso, e depois do café da manhã, fazíamos um último ensaio, e eu tomava banho. Vamos ao banho. Trata-se de se limpar, não é? De se lavar para ficar mais limpa. Só que, depois de um tempo, estar limpa não bastava. Era preciso estar bronzeada, indispensável, é o que estou dizendo. Então, depois de me enxaguar, minha mãe trocava a luva por um spray de autobronzeador. Ela me borrifava. Tal como muitas outras coisas, nas primeiras vezes a transformação total de aparência em menos de uma hora pode ser divertida. Com um rolinho de tinta, ela me pintava. Eu era uma parede, ela rolava aquele cilindro pelo meu corpo e pela minha cara. Litros de autobronzeador eram aplicados por toda parte, espalhados, secados. O método natural do sol na pele era impensável, muito ruim para a saúde, deixa a pele vermelha, inchada, depende da meteorologia, ao passo que o autobronzeador é saudável, seguro e indispensável.

Na primeira vez, minha mãe errou nas dosagens, fiquei da cor de um aposentado da Flórida. O contraste com meus dentes era absurdo. Por uma questão de decência, tivemos de cancelar minha participação por razão de doença. Eu brilhava, cheia de reflexos, parecia um donut de chocolate gorduroso demais, essa era minha doença. Muitas vezes me pergunto se minha mãe cancelou por respeito a mim ou porque não podia chegar ao concurso com um produto defeituoso, uma princesa adulterada. Tendo para a segunda hipótese. Algum dono de cachorrinho correria o risco de se apresentar numa competição com seu concorrente todo enlameado?

Depois do autobronzeador, vinha a apresentação. Era preciso ficar imóvel e bem-comportada, caso contrário significaria que não queria ganhar. Claro, a chantagem é um instrumento eficaz. Quer ser a mais bonita? Então não se mova. É fácil. Quanto mais eu perdia, menos suportável era minha vida de estátua do sábado de manhã.

Enfim, dizer que eu perdia é exagero. Apesar de tudo, eu era bonita, ganhava prêmios de consolação. Assim, aos oito anos, meu consolo era pensar que felizmente havia meninas mais feias do que eu. Sempre ficava entre as cinco primeiras. Portanto, toda vez havia, depois de mim, umas dez meninas menos bonitas. É essa a origem do drama. Eu podia chegar lá. Alguns anos mais tarde, lamentei não ser feia. Se fosse, teria tido fins de semana normais. Minha mãe poderia compreender que tinha feito bobagem no dia em que confessei que preferiria ser feia. Eu tinha onze anos. Mas, não, ela não compreendeu. E não dei apenas esse sinal, também fiz umas coisas bizarras, mais tarde volto a falar nisso. No entanto, ela não era estúpida, mas nesse aspecto houve um problema de conexão. O barulhinho estridente da conexão com o servidor levou anos para soar no cérebro dela, antes disso houve um bip que estalou no vazio, só que ela não deu atenção.

Devo dizer que era preciso, a todo custo, sair de casa no fim de semana. Meus pais brigavam tanto que um dia fora de casa oferecia a todo mundo uma pausa necessária. Ao coitado do meu pai, que eu adorava como todas as meninas adoram seu pai, não desagradava ver o cortejo principesco deixar o lar. Na verdade, ele não havia cumprido as promessas de uma vida luxuosa, limitara-se a oferecer à Rainha-mãe uma vida confortável. Por sua vez, a Rainha-mãe não parecia satisfazê-lo completamente. Com todas essas frustrações, a casa pegava fogo. Então, meu pai preferia arruinar-se com despesas em vestidos, maquiagem, gasolina, taxas de inscrição: ele comprava sua tranquilidade por uma pequena fortuna. Por anos o poupei, pois durante os preparativos eu via angústia e tristeza em seus olhos, ele padecia por mim e aquele padecimento me consolava. Hoje, maldigo sua fraqueza. Ele passava a vida praguejando contra minha mãe, os colegas, o tempo, os presidentes, o banco e os clientes; pelo menos uma vez poderia ter levantado a voz por mim. Em vez disso, nunca disse nada, para garantir a calma de um sábado solitário vendo televisão. Sacrificou-me por seu próprio conforto. Mais tarde constatarei que um homem que grita o tempo todo é com frequência um homem fraco. O silêncio é forte.

Estou sendo injusta, uma coisa ele fez por mim. Uma pessoa de suas relações era responsável pela comunicação de uma rede de lojas de artigos esportivos. Por três anos, tornei-me a modelo infantil oficial do grupo. Cartazes para campanhas publicitárias, catálogos de verão, de volta às aulas, de inverno, de Thanksgiving, de Natal, meu focinho por todo lado, com máscara de mergulho, quimono, num trampolim, de roupa de treino, de maiô, segurando uma raquete, motivo para aumentar minha popularidade na escola. A cada ano, horas posando num estúdio. Eu saltava, corria, sorria e estava na melhor das lojas. Pagavam bem, 18 mil dólares por ano, creio. Ele fez alguma coisa por mim e abarrotou o bolso. Recuperou de sobra o dinheiro que gastou por sua tranquilidade.

4

Em retrospecto, a fauna que povoa aquela comunidade é de fato fascinante. Volto a pensar hoje, no momento em que acabo de sair de outra selva e preencho este pequeno diário íntimo ridículo, com cadeado. Só encontrei isso no mercadinho aqui de baixo, um caderninho que fecha à chave. E, adivinhem, na capa há uma princesa nadando nas estrelas, é fofo demais, como dizem as meninas. Fofo demais, como diziam os membros do júri. É simples, acho que esses estúpidos têm um vocabulário de trinta e sete palavras. Na escala da evolução, isso os situa no nível dos retardados mentais. De uma cidade a outra, as mesmas expressões, é de acreditar que junto com as medidas eles também têm um manual de linguagem muito preciso. Dito isso, como censurá-los. Veem meninas vestidas iguais, fazendo as mesmas danças e as mesmas mímicas, seguindo a mesma música, então eles dizem as mesmas coisas. Alguns fazem teatro, escancaram a boca, arregalam os olhos, erguem as sobrancelhas até a linha dos cabelos. As únicas pessoas que não podem fazê-lo são aquelas cuja expressão facial foi petrificada pela cirurgia plástica. São muitos, com frequência ex-rainhas de beleza, *coaches* muito lindos e limpos ou cabeleireiros bem-sucedidos. Aplaudem mais do que os outros para mostrar com as mãos o que a fisionomia já não consegue expressar.

As ex-misses são as mais intransigentes. Levaram pancada, não querem estar sozinhas, têm um acerto de contas a fazer. Se eu fosse dar um recado às futuras minimisses, recomendaria que olhassem essas mulheres dentro dos olhos. Ver aqueles olhos vazios e aquelas pálpebras esticadas é ver seu futuro. Estou pensando nisso tarde demais, na vida com frequência é assim, a lucidez chega quando já não se pode fazer nada. Entre os jurados, também há as pequenas celebridades locais cuja opinião é muito importante. Presidentes de comitês dos comerciantes, que fornecem os presentes, esportistas fracassados, atores de décima sexta categoria, cantores locais que pela última vez ostentam sua carreira. Também é preciso ter uma jovem *starlet* no júri, para dar seriedade às coisas. Com frequência, elas colocam as coroas e se oferecem para tirar fotos. As meninas, às vezes, põem cada chucrute na cabeça que a missão pode tornar-se arriscada, a coroa cai, provocando risadas na plateia. Senhoras, senhores, esse é o clichê das entregas de prêmios, e todas as vezes todo mundo ri, todo mundo se enternece, acontece uma vez a cada três, mas sempre parece inédito.

Nessa selva, as pessoas miam, afagam, rosnam, arranham, os reis e as rainhas têm comportamentos de felinos. Se fosse para dar um conselho aos espectadores dessas cerimônias, seria o de olharem não para a passarela, como todo mundo, mas para o público. Às vezes, convém dirigir o olhar no sentido contrário ao das pessoas ao redor: a verdade está do outro lado, nem sempre, mas com frequência. Era o que eu via quando estava em cena, era o que todas as meninas viam. Era de fugir ou fazer nas calças, como a pequena Michelle.

Vamos começar pela minha mãe, pois no início eu só tinha olhos para ela. Logo parei, tratava-se da minha saúde mental. Você tem é que subir na passarela, eu lhe dizia. Sem fazer psicologia de botequim, mas já fazendo, bem que ela teria preferido. Eu aprendia minha coreografia, mas depois de um tempo o que eu sabia de cor era a coreografia da fisionomia da minha mãe. Ela tinha desenvolvido um monte de tiques que só existiam naqueles momentos. Lábios mordidos, bochechas sugadas, sobrancelhas erguidas ou caídas, dentes cerrados, sorriso crispado, língua entre os dentes e, o melhor, quando julgava meu desempenho um fracasso, olhar voltado para os pés e breve tremor da cabeça, Parkinson passageiro. Que péssima princesa, a quem dei tudo. Nesse caso, eu me trocava em silêncio, sem sua presença, ela ficava fumando do lado de fora. Despia-me sozinha, naqueles vestiários que tinham cheiro de esmalte, pavor, transpiração, bala e sempre decepção. A vencedora com frequência vai embora com a mesma roupa para prosseguir o sonho; as perdedoras se trocam para se distanciarem, para se esquecerem da roupa. A volta de carro se fazia em silêncio, ao passo que as idas eram animadas e cantantes, havia a possibilidade de ganhar. Às vezes também acontecia de ela julgar meu desempenho bem-sucedido, então era o júri que não tinha entendido nada, e devo admitir que minha mãe ficava bem engraçada com uma bazuca no lugar da boca. Durante o trajeto ela disparava contra todo mundo, era puta pra cá, veado pra lá, aberração da natureza, frouxo, má jogadora e invejosa; aquilo lhe fazia bem e me fazia rir. Em contrapartida, muitas vezes ela não esperava a confidencialidade do carro e caía em cima dos jurados para bombardeá-los. Um dia, quase esbofeteou um ex-jogador de basquete. Quase fomos proibidas de participar. São coisas que acontecem, eu lhe disse na volta. Era o cúmulo, eu tinha perdido e precisava consolá-la. Mas teve coisa pior.

Portanto, olhar para o público. Observar os pais. Eles não têm número, mas, ao contrário do que seria de acreditar, são eles os bebês do evento. Podem ser divididos em quatro categorias: os turistas, os amadores, os profissionais e os loucos. Às vezes, os turistas se afeiçoam ao jogo e se tornam loucos; minha mãe enveredou por esse caminho, a toda velocidade. Mas vamos pela ordem. O turista está ali simplesmente porque o concurso acontece na sua cidade ou na cidade ao lado. Iludido por um cartaz, um catálogo ou pelo boca a boca, olha para a filha e se pergunta por que não. Uma semana para se preparar é viável e, além do mais, é um jeito de sair da rotina. De bom humor, sorridente, simpático, o turista chega na última hora com a família toda e uns amigos. Está ali para se divertir, ele assobia, brinca, aplaude todo mundo. Contribui para encher a sala e animá-la, é bom jogador, é o coração palpitante do concurso. O turista não comprou roupa especial para a ocasião ou, se o fez, foi uma roupa barata; também pode ser que a tenha pegado emprestado. Vai embora levando lembranças, umas cem fotos ou um vídeo muito longo, ele filma tudo, um prêmio de consolação debaixo do braço, está satisfeito, orgulhoso da filha e tem lembranças por toda a vida. O turista é inofensivo. A não ser que, por acaso, a filha tenha vencido. Nesse caso, há duas possibilidades. Ou ele chega ao auge da vida e vai chatear todo mundo durante meses com suas fotos, mas não quer mais do que isso, não é ambicioso. Ou se afeiçoa ao jogo e, nesse caso, pode ser perigoso. Quer tornar-se profissional e, aos poucos, pode passar à loucura.

O amador é diferente. Notei que, com frequência, era a filha que dirigia o barco. A menina poderia ter feito corrida, dança, natação, canto, mas escolheu ser miss, pronto, foi assim, não resta muita escolha. Então, complacente, ele a leva todos os fins de semana. Boceja, sorri docilmente, aplaude olhando para os lados, consulta o relógio o tempo todo, traz uma revista, está um pouco cansado de percorrer quilômetros. Às vezes diz a si mesmo que um menino que jogasse videogame não seria má ideia. O amador compra roupa a conta-gotas quando não tem escolha, o vestido estava em mau estado ou a filha o azucrinou e ele cedeu. Também não vai se arruinar. Não tem nenhuma ilusão, mas aquilo dá prazer à sua preciosa, tanto faz um desfile ou outra coisa... O amador está ali, mas quase invisível. O amador está em segundo plano como um figurante no cinema.

Com o profissional, atinge-se outra dimensão. Chega duas horas antes para farejar a atmosfera, observar o júri, avaliá-lo, cumprimentá-lo e, claro, para se preparar. Ele sabe que três horas de viagem podem desmanchar a maquiagem, o penteado, então traz sua valise. A família do profissional já não é realmente uma família, trata-se de um staff. Com frequência, uma tia ou uma avó funcionam como mediadora entre a mãe e a filha. Às vezes, há uma irmã que se agita diante da ideia de fazer a mesma coisa ou um irmão muito orgulhoso que carrega os acessórios. A filha do profissional não chega trajando o vestido, arriscado demais. Eles se apossam de um grande espaço nos vestiários e dispõem o material a seu redor com precisão e um pouco de superstição. Entram em cena com vários vestidos embalados, para aperfeiçoar sua estratégia só na última hora. Está fora de cogitação vestir uma roupa que se pareça muito com a de uma concorrente. Então eles observam, escrutam, ponderam. Depois de cada etapa o profissional respira fundo, tudo bem, nada esquecido, tudo em ordem, estamos no horário. Vê, preocupado, as outras meninas chegarem. Nenhuma surpresa ruim, como uma magnífica princesa de turista surgida de lugar nenhum. Até já ouvi pais comemorarem o fato de uma forte concorrente ter perdido dois dentes da frente antes de se perguntarem se isso não iria provocar a piedade do júri ou cativá-lo. Pois é, com frequência o profissional tem um pé entre os loucos, são duas categorias de fronteiras sutis, mal delimitadas. No caso, a desdentada perdeu, naquele dia o júri não estava sensível às vicissitudes do crescimento infantil. De fato, em se tratando dos dentes é tudo ou nada, pode dar muito certo, disso eu entendo um pouco, porque ganhei um título de princesa graças a isso, quer dizer, é o que suponho. Minha mãe quase tinha cancelado minha presença. No dia em que o dente caiu, ela reagiu dando uma de equilibrista. Ficou arrasada, mesmo assim ainda lhe restava um pouco de sensatez para saber que não era minha culpa, embora fosse provável que eu tivesse empurrado o dente com a língua. Ela não podia me acusar, mas de certo modo estava tentando. Como, no início, antes de passar uma vez por mês no dentista, ela branqueava meus dentes com bicarbonato e limão, o buraco vazio, por contraste, era muito mais visível. Apesar de tudo, ganhei meu diadema. Tudo isso para dizer que o profissional é estrategista e não gosta muito de imprevistos.

Restam os loucos. Falei muito da minha mãe, portanto já deu para ter uma ideia. Mas existe loucura muito maior, é difícil acreditar, mas existe. No momento em que estou escrevendo estas linhas, uma mãe acaba de ser condenada por ter inoculado larvas de tênia, o verme solitária, em sua princesa. Sim, sim, ela comprou larvas de tênia no México e, sem avisar, fez a filha engoli-las. Peço desculpas por começar assim, mas, bem, está em todos os jornais. Uma rápida consulta na internet permite entender por quê. Pega-se a *Taenia solium*, esse é seu nome, pelo consumo de carne de porco. Um fórum fala nisso e enumera os sintomas: tonturas, cansaço, cólicas abdominais, náuseas. Fascinante. O verme se agarra ao intestino, compartilha as refeições da pessoa e cresce tranquilamente consumindo seus alimentos. Pode chegar a dez metros em pouco tempo. Encantador. A primeira pergunta do fórum é a seguinte: como se pega esse verme? Imaginem que nenhuma resposta diz que se adquire pela mãe. Pela carne de porco, sim, mas nunca pela mãe. A menos que a mãe seja uma porca que queira a qualquer preço que a filha se torne fininha como um graveto para ganhar um concurso. Pesquisando um pouco, constata-se que essa técnica existe há muito tempo. É como as princesas de três anos: não é novidade. Para ganhar, alguns pais utilizam técnicas seculares, não se detém o progresso, mesmo que venha da Antiguidade. Não sei por quê, mas sigo essas coisas na internet com interesse mórbido. Às vezes me deleito com a leitura de horrores, é feio, mas é assim. Talvez seja essa a consequência das falas ingênuas que proferi durante os anos de competição. Gosto de paz, de sorvete de macadâmia, de Christina Aguilera, não gosto de guerra nem de pobreza e seria maravilhoso se todas as crianças do mundo fossem felizes e bem-alimentadas. Já não tenho muito amor pelo gênero humano, e, como faço parte dele, não tenho muito amor por mim. Quando comecei nos minimiss, não havia internet. Não significa que não existissem essas coisas, mas eram menos divulgadas; agora é só digitar minimiss nos buscadores para se regalar até enjoar. Tentem, vocês verão. Não desejo a ninguém viver essa experiência, porém, por outro lado, tenho certeza de que não sou a única. Não sou uma boa menina.

Bem, quanto aos loucos, são identificados imediatamente, têm aquele olhar, isso está além da competição. Têm questões a resolver, mas, como não têm coragem de resolvê-las, encarregam as filhas de fazê-lo. A filha é o remédio para seus problemas. Claro que esse tipo de coisa acontece em outras áreas, na música, no esporte, é um clássico. Mas nesse caso é diferente. Vamos tomar o exemplo de um menino que era da minha classe, filho de um jogador de basquete obcecado e fracassado. Pois bem, ele vai cumprir as ambições frustradas do pai. Até aí tudo bem, essa maldição existe desde a noite dos tempos. Bernie, esse era seu nome, tinha treino todas as noites, a bola fazia parte dele, como se fosse um prolongamento natural de suas mãos. O pai queria um Jordan, o filho vestia a pele de Michael. A diferença entre esporte e beleza é que, no esporte, sempre é possível progredir à custa de trabalho. No caso da beleza, não há o que fazer, quer se treine ou não, o rosto continua sendo o mesmo. Para dar um jeito, há todos os artifícios, roupas, maquiagem, regimes, cabeleireiro, cílios postiços, pequenas cirurgias, saltos altos, sutiãs com bojo, o louco aciona todos esses expedientes. Quando Bernie perdia no basquete, seu pai podia dizer a si mesmo que ele não tinha treinado o suficiente, havia uma margem de progresso pelo esforço. Quando eu perdia, podia simplesmente dizer a mim mesma que não era suficientemente bonita ou que não estava suficientemente maquiada. Bernie podia resolver o problema do pai treinando dez horas, vinte horas, trinta horas por semana. Jordanite aguda, para certos pais não há limite, uma vez que são os filhos que arcam com o tratamento de sua doença. Eu não podia treinar para resolver o problema da minha mãe. Então ela acionou todas as alavancas ao mesmo tempo, como um cientista maluco. Se eu não tinha beleza suficiente para ganhar, era preciso que me tornasse mais sexy, mais mulher, mais provocante, em suma, que me tornasse mais excitante. Nas fotos do meu penúltimo concurso, simplesmente pareço uma puta de doze anos. Numa dessas fotos, minha cafetina está segurando minha mão, e está com um olhar, meu Deus, que olhar. Se vocês pudessem ver a imagem, eu não precisaria escrever todas essas palavras.

5

Se meu corpo não era capaz de dar certo na vida, ao meu espírito isso ainda era permitido.

Tive a sorte de conhecer um homem que não salvou meu corpo, mas evitou que meu espírito naufragasse, pelo menos no início. Segundo minha mãe, eu era bonita e não muito boba. Ela apostou tudo na embalagem, nós perdemos. Aquele homem fez o contrário, estimulou o conteúdo. Bem, não foi totalmente uma vitória, mas está longe de ter sido uma derrota para mim. Para ele, foi um desastre.

Eu adorava segunda-feira. Não pelo prazer de contradizer Brenda Ann Spencer, melhor evitar, mas simplesmente pela tranquilidade que esse dia me permitia recuperar. Sexta-feira à noite eu passava me preparando; sábado, desfilando, domingo, ouvindo meus pais se insultarem. Segunda-feira tinha cheiro de liberdade, as salas de aula eram gaiolas douradas nas quais eu gostava de me refugiar, o saber permitia a evasão. A vantagem das crianças é que seu interesse se esvai muito depressa. Depois de um instante ninguém mais no pátio me falava dos concursos. Mesmo os cartazes em que eu aparecia numa bicicleta cor-de-rosa de 122 dólares ou de tênis roxos de 30 dólares já não provocavam comentários.

No começo, eu não gostava muito dele. Achava-o rígido e exigente, principalmente comigo. Eu dizia a mim mesma, uma louca e um tosco em casa, um imbecil na escola, que sorte a minha. Uma segunda-feira à tarde, ele me pediu que ficasse. Deveres atrasados, falta de atenção, verdade, estava tudo errado comigo. Não fez grandes discursos sobre meus fins de semana, apenas os lembrou; na verdade, ele já tinha falado com minha mãe sobre isso. Tinha entendido que as prioridades dela não eram escolares. Assim como era preciso lanchar, era preciso fazer os deveres; quanto antes terminassem, melhor. O trabalho escolar era um obstáculo que devia ser vencido depressa. Então o professor propôs que todas as tardes, depois das aulas, eu ficasse meia hora a mais com ele. Ao longo do ano, como morávamos no mesmo bairro, ele me convidou para ir à sua casa no domingo à tardinha. Quando eu não podia visitá-lo, ele me telefonava.

Minha mãe estava entusiasmada, imaginem só, um professor particular que assume a obrigação dos deveres, e de graça. Quando ela me buscava, eu já estava prontinha para ir à ginástica, ao dentista, às provas de roupas, ao cabeleireiro, à manicure, às compras. Bendito seja o senhor Kowalski. Situação constrangedora, ela até o paquerou. A Rainha-mãe ficava diferente quando o via, me falava dele o tempo todo, Harry daqui, senhor Kowalski dali, encantada por eu servir de traço de união entre eles. Propôs que tomassem um café para conversarem sobre meu caso, mas, pelo modo como se vestiu, mais parecia que fosse para defender o seu. Lembro que fiquei no carro e de lá a via no terraço do outro lado da rua, fazendo gestos um pouco secos, acendendo um cigarro depois do outro, volta e meia passando a mão nos cabelos. Eu conhecia as expressões do seu rosto e, quando voltou para o carro, na mesma hora percebi que ela tinha perdido, Parkinson passageiro. Diga-se que o senhor Kowalski era um homem bonito, alto, cabelos castanhos, olhos azuis, tronco vigoroso, culto e, além disso, muito chique. Aparentemente, a atração era de mão única, Harry esperava de uma mulher algo diferente de um penteado perfeito, ele merecia. É realmente triste que um câncer tenha ditado sua sorte, ele morreu bem jovem. Quanto à minha mãe, continua viva.

Então, ele me orientava com os deveres e nós conversávamos. Falávamos de tudo e de nada, tínhamos longas conversas. Ele me falava muito pouco dos concursos, tinha entendido que já invadiam demais a minha vida. Acho que só queria me mostrar que existiam outras coisas. O senhor Kowalski era um professor, não alguém que desse lições. Um dia, ele me recomendou um livro. Soube resumi-lo, porém, sinceramente, um livro de trezentas páginas me parecia totalmente inacessível. Não era o tema, mas a espessura do objeto que me dava tontura. Ele simplesmente disse que eu podia aproveitar as horas de viagem aos sábados para ler, que a leitura não me roubaria o tempo de outras coisas, que eu não tinha mais nada para fazer no carro. E tinha razão.

O que é isso?, minha mãe perguntou. Um livro, respondi, afinal dava para perceber. Não era um objeto raro. Você não vai ler no carro, dá dor de cabeça. Sim sim, vou ler no carro, e não não, ler não me dá dor de cabeça. O primeiro livro era *Tom Sawyer*, de Mark Twain. Eu o devorei. Dentro do carro, eu corria livre ao longo do Mississippi com Huckleberry Finn e, chegando ao castelo fajuto, via-me trancada num vestiário de misses muito esbeltas e nem sempre muito finas.

Recomendações de leitura, ajuda nos deveres, também falávamos da atualidade, que eu julgava reservada aos adultos. Quando eu chegava, ele abria o *Miami Herald*, cujo título tinha aquela tipografia tão particular que dava ao jornal um ar de muito velho e muito sério. Pedia-me que escolhesse um artigo e o comentasse. Minhas escolhas o surpreendiam ou o faziam sorrir. Quando bem abordada, a atualidade pode interessar às crianças; em todo caso, o senhor Kowalski conseguia isso. Eu não entendia tudo, mas tentava. Minha mãe me subestimava nesse aspecto, e creio que Harry me superestimava. Enfim, eu fingia compreender tudo e ele fingia acreditar e ambos ficávamos satisfeitos.

Alguém que me considerava mais do que um simples cabide tinha necessariamente de ser um pedófilo. A primeira vez que ouvi essa bobagem, tinha me levantado para ir ao banheiro e, passando pela porta entreaberta da cozinha, escutei uma conversa dos meus pais. É doentio, dizia minha mãe, você está exagerando, respondia meu pai. É doentio, ela repetia, o cara é solteiro aos quarenta anos, ele não é feio, isso é suspeito. O que ele faz com nossa filha na sua casa? E por que esses telefonemas todas as noites? Uma vez por semana, ponderou meu pai. Ela poderia ter acrescentado, ele não quer saber de mim, é suspeito, significa que ele quer nossa filha. Ela não podia dizer isso ao meu pai, mas agora tenho certeza de que suspeita era a falta de interesse de Harry Kowalski por ela. Suas intenções não são claras, a atenção que ele dá à nossa filha tem algo de perturbador, esse professor é um perverso, ela declarou com os nervos à flor da pele. Foi a primeira e última vez que minha mãe me deu um tapa, ida e volta sonora. Eu tinha simplesmente empurrado a porta com o pé, dizendo que Harry, sim, me oferecia livros e não fios dentais, como ela. Paf paf, a volta com seu anel me arrancou um pouco de pele da bochecha. Agora minha mãe já não poderia me estapear, seu tratamento é pesado demais para que ela faça gestos bruscos. Movimenta-se lentamente e se expressa com voz pastosa. Sou mais inteligente que minha mãe, nunca precisei estapeá-la para lhe dar recados.

Tem gente que é assim, quando vai longe demais, em vez de pedir desculpas, de voltar atrás, sente-se obrigada a avançar mais ainda. Foi isso que fez a Rainha-mãe. Sua teoria era errada e ridícula, mas ela precisava compartilhá-la, defendê-la. No início, com as outras mães do colégio. Felizmente, a maioria não acreditou, elas desaprovavam minhas atividades de fim de semana e achavam minha mãe muito esnobe e meio maluca. O problema com os imbecis é que, quando alguma coisa não dá certo, em vez de abandoná-la, eles aceleram. A marcha mais alta levava ao diretor do estabelecimento. E foi então que a situação tomou proporções delirantes. Compreendi, o diretor me disse, que uma revelação como aquela não podia ser ignorada. Além disso, a opinião pública guardava a lembrança de Mary Kay Letourneau, professora que havia transado com o aluno de doze anos em Seattle, três anos antes. *A opinião pública,* ele murmurou como se ela estivesse atrás dele, com o dedo em riste às suas costas. O caso estava nos jornais do mundo todo, ele esclareceu gravemente. Não podemos permitir esse tipo de escândalo em nosso estabelecimento, acrescentou, meio em pânico. Seria um erro grave da minha parte. Um erro grave da minha parte, repetiu para constatar que tinha um papel importante a desempenhar. Tinha certeza de que o senhor Kowalski era inocente, mesmo assim era preciso abrir um processo para limpar seu nome. Uma investigação desse tipo não é máquina de lavar, muitas vezes é máquina de moer. Fui interrogada, Harry também, não adiantou nada, como era de esperar. Uma comissão, o diretor, dois outros professores e um cara de educação ou algo assim. Duas horas de perguntas, alguns subentendidos, olhares preocupados, eles buscavam suas respostas, não as minhas, pelo menos era essa minha impressão. Como nos encontrávamos na casa dele, o investigador da secretaria quis mostrar-se zeloso antes de arquivar o caso. Apresentou-se na casa de Harry. Pois bem, imaginem que o senhor Kowalski tinha revistas pornôs ao lado da cama. Não eram revistas pornôs com meninas, nada disso: fotos de mulheres nuas de xanas peludas, seios grandes, fazendo amor com homens peludos de pintos grandes, sei porque vi. Não foi o senhor Kowalski que me mostrou e nunca entrei no quarto dele, mas foi o investigador que as expôs debaixo do meu nariz, no dia seguinte, para saber se eu as olhava com meu professor. Era a primeira vez que eu via pintos e esperma, e tudo isso graças a um investigador que estava fazendo uma averiguação sobre uma acusação de pedofilia, o cúmulo. Assim, há seis anos comecei minha vida sexual e, se entendi uma coisa dos homens, foi sua necessidade incontrolável de ver xanas. Quando um homem vê uma xana, milagre, ele fica feliz. Se pode tocá-la, cheirá-la, comê-la, penetrá-la, pôr dentro dela todos os tipos de coisas, para ele é o paraíso. Todo mundo sabe disso, não é preciso ter estudado em Harvard para saber. Naquele ano, nosso presidente quase foi destituído por ter enfiado um charuto na xana de uma estagiária e espalhado esperma por todo o vestido dela. Caso Clinton/Lewinsky *versus* caso Vernn/

Kowalski. Harry queria ser feliz quando ia se deitar, tinha esse direito. Circunstância agravante, eu tinha dado a ele uma foto minha repuxando as bochechas e entortando os olhos. Só que Harry era professor, Harry era bonito e solteiro, gostava de olhar xanas e recebia em casa uma menina de dez anos para falar de atualidades. Foto minha em cima da geladeira, no quarto, revistas pornôs, era o culpado perfeito. Mary Kay Letourneau tinha passado por isso e era preciso evitar a todo custo um caso Harry Kowalski. Mary Kay ficou presa durante sete anos. Em seguida, teve dois filhos com seu aluno e escreveu dois livros com ele. Sempre é mais agradável do que um câncer. O que pensavam as pessoas que expulsaram Harry? Que eu me tornaria sua esposa, mãe de seus filhos? Quando eu disse que a situação se tornara delirante, escolhi bem a palavra. Harry foi vítima da atualidade, ao passo que só queria falar sobre ela comigo.

Claro, não posso dizer que foi sua expulsão que provocou um câncer em Harry, só que decerto não ajudou a evitá-lo. Ele não foi despedido por pedofilia, mas por prevenção e comportamento supostamente inadequado. Pelo resto da vida me lembrarei do dia em que ele deixou a escola. A matilha, não há outra palavra, de pais de alunos urrando, ameaçando. Um pai histérico até cuspiu nele. Tudo isso porque ele olhava xanas na intimidade de seu quarto. É a pior lembrança da minha vida. Como se o homem da cuspida nunca tivesse visto pornografia, como se, entre todos os pais de família que berravam enchendo o peito, nenhum jamais tivesse olhado uma vulva impressa no papel. O certo é que nenhuma daquelas hienas tinha me recomendado ler Mark Twain. Ele nunca tocou em mim, nem mesmo um beijinho na bochecha, nem uma mão no ombro ou no cabelo. Abria a porta, íamos para a sala, ele desligava a televisão, me servia um suco e conversávamos, ponto-final. A única coisa de adulto que pude fazer com ele foi ler o *Miami Herald* tomando uma limonada. A última imagem que tenho dele é de costas, o paletó marrom manchado por uma cuspida.

A bruxaria da vida transformara minha mãe indigna em heroína. Graças a ela, o lobo saíra do curral, onde nunca tinha entrado. Ela recebeu agradecimentos por isso, era popular, e, como podem imaginar, isso lhe agradava muito. A Rainha-mãe era um Cavaleiro Branco. Não posso deixar de pensar que, se Harry tivesse aceitado seus avanços, nada disso teria acontecido. Talvez tivesse se tornado meu padrasto, coitado, mas talvez ainda estivesse vivo. Eu nunca poderia ter certeza disso. Ainda bem.

6

Ela dizia que era para o meu bem. Aquela orelha levemente descolada só podia me incomodar. É verdade, era um pouco aberta, mas a Rainha-mãe era a única a reparar e falar nisso. Então, durante um tempo, quando eu passava a seu lado, minha mãe trazia meus cabelos para a frente, para esconder a maldita orelha. Ela tanto falou que comecei até a sonhar com o assunto. Eu já não conseguia passar pelas portas por causa da orelha. Minha orelha era disforme, enorme, vermelha. Num desses sonhos, eu aparecia de colar cervical, pois meu pescoço se cansara de pender para o lado daquele apêndice deformado. Em outra versão, eu punha um pingente de chumbo na outra orelha para equilibrar a cabeça. Tenho toneladas de sonhos, como todo mundo. Sempre achei uma chatice as pessoas contarem seus sonhos. Vou evitar ao máximo, mas alguns são tão libertadores que não consigo guardá-los para mim. Vocês verão.

Em suma, a única coisa que realmente tinha descolado na nossa casa era a razão da minha mãe. Até meu pai, com sua coragem lendária, erguia os ombros quando ela falava da minha orelha. Quanto a ele, pode-se dizer sem medo de errar que seus colhões nunca descolaram. Quando minha mãe me levou a um cirurgião para acabar com aquele terrível insulto ao meu equilíbrio, meu pai limitou-se a perguntar o preço e, depois, se tudo aquilo era de fato necessário. Indispensável!, respondeu a Rainha-mãe.

Quanto ao cirurgião, era seu trabalho, seu ganha-pão, portanto achou absolutamente necessário fazê-lo. Pouca coisa, ele disse, alguns pontos de sutura, uma operação leve. E é verdade, era quase nada. Mas eu não queria nem quase nada, não queria nada, nada de nada. Principalmente, não queria agradar à Rainha-mãe. Não queria mais ser a causa de seus sorrisos, queria até me tornar a razão de seus sofrimentos. Não tive escolha, isso se chama autoridade parental. Agendamento, operação, saída do hospital, volta para casa. No meu quarto, tiro a faixa de múmia e, diante do espelho, puxo minha orelha. Um puxão seco, não dá certo. Um segundo puxão, mais violento, os pontos arrebentam. Nunca esquecerei aquele barulho. A dor se apagou pelo prazer de ver minha mãe revirar os olhos diante da minha orelha ensanguentada e novamente descolada. Não sei o que a apavorou mais, o sangue ou o descolamento.

Era minha primeira vitória sobre ela. Fez tão bem para mim que, a partir daquele dia, só busco uma coisa: voltar a ver aquela expressão no seu rosto. Ainda não virei a página. Bem sei que a vingança é inútil e perigosa, mas faz tão bem, acaso não é essa também a definição da droga? É isso. Chocar, decepcionar, entristecer minha mãe é uma droga e, nesse aspecto, sou uma baita viciada. Em outros também, esperem para ver.

Já falei nisso, mas acho importante. Muitas vezes os pais impõem ao filho ser bem-sucedido no que eles fracassaram. E aqui uma divergência: minha mãe jamais quis ser rainha da beleza, nunca participou de nenhum concurso ou desfile. Se fosse esse o caso, ela teria se empenhado em me contar, mostrar fotos, em nos comparar. Mas não, nada; também não fez teatro, não fez nada, quando criança, que pudesse aproximá-la dos flashes e da purpurina e explicar que, quando adulta, ela desejasse lançar sobre a filha esplendores e resplandecências. Então o que seria? A única explicação é que ela queria encontrar uma missão para sua maldita vida. E essa missão fui eu que assumi. Entediada, me transformou numa boneca. Brincou com a boneca durante alguns anos, e a boneca se encheu. A boneca se vingou.

A dilaceração da minha orelha fez minha mãe vacilar um pouco, mas não foi o suficiente. No meu quarto havia uma estante grande com taças, medalhas, faixas de princesa, de princesa de inverno, de verão, de todas as estações ridículas, fotos do meu sorriso reluzente por todo lado... Enfim, resumindo, as provas da minha boa vontade. Durante todos aqueles anos, minha mãe tinha me metralhado com sua máquina fotográfica. Seu ritual das segundas-feiras de manhã era deixar os filmes no fotógrafo do bairro para buscá-los no dia seguinte. Na terça-feira à noite, eu tinha de aguentar minha cara sob todos os ângulos. Eu de um lado, eu de outro, o paraíso. Ah, veja, estou sorrindo, ah, aqui estou esplêndida, ah, mas por que estou de olhos fechados? Pois é, pessoas normais às vezes fecham os olhos, é humano, mamãe, isso se chama piscar. Tudo bem, só que você pisca os olhos muitas vezes, sim sim, ela disse isso, várias vezes até. Numa segunda-feira de férias, fui com ela ao fotógrafo. Veja só, é a menina Kodak, gracejou o cara da loja. Simplesmente a garota Kodak, nada mais que isso; para ele eu era uma marca, como se fosse meu nome de família. Elizabeth Kodak. Miss Kodak enchia as paredes do meu quarto. Detesto aquela menina.

Minha mãe se deleitava com minhas fotos nas gazetas locais. Aquela era, de fato, sua recompensa. Ela folheava os jornalecos para me ver em preto e branco, no plano de fundo de uma passarela, nas últimas páginas, antes dos classificados e depois das palavras cruzadas. Xingava quando meu nome, o nome dela, não era mencionado ou era escrito errado, Vernne, Vernes, Vern, isso a deixava louca. Ela queria mais. Miss América? Nem pensar, minha beleza não era suficiente para ganhar no meu estado, eu não ganharia em todos os estados reunidos. Então, o que ela queria? Não sei, não tenho certeza de que ela mesma soubesse, mas era preciso continuar. Então continuei, porém à minha maneira.

Antes de chegar ao concurso, passamos por um circo. Paramos em frente, num semáforo vermelho. Na entrada, havia manifestantes com cartazes que falavam de bem-estar animal. Um slogan me chamou a atenção: o sofrimento por trás da purpurina. Quando chegamos a meu último castelo fajuto, não havia manifestantes nem cartazes. Foi a única vez na vida que invejei um leão-marinho. Depois tudo aconteceu como sempre acontecia: checagem, desembalagem, roupagem, maquiagem, fofocagem. Uma rotina bem lubrificada, como minha pele. Vemos as bebês, faz tempo que já não acho graça nelas. Tomo água, muita água. As categorias seguintes me irritam, tenho pena delas e as detesto. Engulo mais uma garrafa de água. Minha mãe vê e me manda parar. Continuo, ela me tira a garrafa das mãos. Anunciam minha vez, digo que vou ao banheiro, ela se exaspera. Lá, tiro um batom e maquiagem preta do meu sutiã vazio de peito e estofado de espuma, molho os cabelos. Ouço meu nome pelo alto-falante. Ouço meu nome repetido com irritação por um imbecil do júri. Saio do banheiro, corro para o palco. Chego e, então, é fantástico. Com os cabelos encharcados, batom do queixo até o nariz e pintada de preto em volta dos olhos como um panda, pareço um curinga. Viro de costas, me dou uma palmada na bunda, rodopio, dou risada, levanto o vestido e inundo o palco. Nunca na vida mijei daquele jeito. Às vezes mijar é um deleite; lá, foi um orgasmo. Transei muito nos últimos anos, me masturbei muito, e peço desculpas à minha mão e a meus parceiros, alguns eram excelentes, mas nunca voltei a sentir nada parecido. Sinto o corpo inteiro formigar, arrepiado. Gozo e dou risada. Sou a única. Ao contrário do desempenho da pequena Michelle, o meu não fez ninguém dar risada. Procuro minha mãe com os olhos e a encontro. Já não é Parkinson, é apoplexia. Eu me aplaudo, ela está pálida. Dirijo-lhe meus agradecimentos cantando, obrigada mamãe, obrigada mamãe, ela enrubesce. Chupo o dedo médio e o lanço em sua direção, ela foge. Ganhei, sou Miss Mijo, fora da competição, rainha da minha categoria.

Meu nome sai no jornal, no entanto a Rainha-mãe não está contente. O texto só fala de mim. Enfim, seja como for, é um pequeno artigo anexado à matéria principal. Há o depoimento de um membro do júri, de uma mãe de família, sua filha está traumatizada, coitadinha. Quanto a mim, estou livre. Talvez tenhamos ido longe demais, sugeriu meu pai, diante da minha mãe destroçada. Ele tem o dom das declarações históricas.

Preciso me consultar, o conselho familiar é inapelável, tenho um problema. Um psicólogo poderia me ajudar, declara a Rainha-mãe. Estou muito bem, pela primeira vez depois de muito tempo estou me sentindo bem, mas aceito. Reverência, é Vossa Alteza que decide.

7

Não vou perder tempo em descrevê-lo, saibam apenas que ele tinha cara de idiota. Ele era psi, essa era a função inscrita em sua placa, mas não foi dela que me utilizei, eu enxergava nele outro instrumento. Eu acabara de ganhar meus sábados: terminaram as festas de princesas, os castelos fajutos e os trajetos intermináveis. Queria ganhar mais. Minha mãe perdera sua missão; tinha todas as noites livres, e no sábado sua agenda estava vazia. E, tal como a natureza, a Rainha-mãe tem horror ao vazio. É daquelas pessoas que se nutrem de movimento, de agitação. Contemplação, introspecção é muito pouco para ela, lhe dá vertigem. Não me dirigia mais a palavra, nem bom-dia, nem boa-noite, eu tinha roubado seu papel, tinha aberto a porta de sua agenda. Aproveitou-se disso para escapar e continuar fazendo qualquer bobagem.

De tanto ficar girando pela casa, ela descobriu a existência do meu pai. Ele estava por toda parte, coitado – quer dizer, não me importa muito se era coitado, mas sentiu o gosto de ser perseguido. Durante os cinco anos de competição, brincara de esconde-esconde. E tinha o dom de se esconder. Ao anoitecer, chegava em casa quando começavam os ensaios e ia se deitar antes que terminassem. No sábado, perambulava vagamente em torno dos preparativos, tornando-se inútil por comentários destinados a determinar a hora em que sairíamos. Acho que se encarregava de traçar o itinerário nos mapas apenas para saber qual era sua margem de liberdade. Vocês voltarão pelas vinte e duas horas, compro umas pizzas ou vão jantar na estrada? Na estrada! Nesse caso só chegarão pelas vinte e três horas. E, oba, onze horas de liberdade. Beijos, beijos, bom dia para vocês, queridas! Tudo isso tinha terminado.

Enfim, pensando bem, é uma loucura, foi ele que se casou com ela, não eu. No entanto, fui eu quem a aguentei o dia todo durante cinco anos. As coisas voltaram à ordem, afinal, se é que se pode empregar essa expressão para descrever a balbúrdia que se instalou no nosso lar. Ela começou por reprová-lo por não lhe ter dado respaldo suficiente, por nunca ter ido aos concursos, por nunca ter me apoiado. Era verdade, mas ela nunca lhe tinha pedido, eu também não, aliás. Felizmente meu pai não era advogado, teria levado todos os clientes à cadeira elétrica, até os ladrões de bicicleta. Nunca vi ninguém se defender tão mal. Seria de pensar que o tempo livre e a solidão lhe tivessem permitido pelo menos uma rica vida interior, mas anos de sofá e televisão o tinham lobotomizado. Defendia-se resmungando inícios de frases dos quais muitas vezes só se ouviam as reticências. Mas hummmm... era sua defesa mais efetiva. Ela o censurou por não ter cuidado da casa, por ter deixado o jardim ao abandono, impingiu-lhe um monte de missões. Mas hummmm... Fraco demais para se impor à minha mãe, tornou-se corajoso comigo. Passou a vociferar contra mim. Descobriu o poder da autoridade como os meninos descobrem o poder de sua virilidade, estufando o peito o dia todo. Vivi o inferno, outro.

Sabem de uma coisa? Provavelmente vocês vão me detestar, mas não estou nem aí, essa é a verdade. Estava vivendo um caos tão grande em casa, meu mundo ruindo continuamente, que o desabamento das torres de Nova York passou muito acima da minha cabeça; meu espírito não foi atingido como foram as torres gêmeas. A adolescência, o ambiente, o egoísmo me fizeram passar ao largo daquela imensa confusão. Ao contrário, fiquei até aliviada por ver meus pais, durante dias inteiros, apatetados na frente da televisão. Abandonavam-me a uma paz régia enquanto o mundo entrava em guerra total. É horrível, mas é assim. Vocês conhecem a teoria do morto-quilômetro? Um morto a um quilômetro comove mais do que mil mortos a mil quilômetros. Pois bem, quando alguém tem doze anos e meio, três mil mortos a mil quilômetros comovem menos do que um café da manhã com os pais brigando o tempo todo. O impacto de dois aviões contra uma torre dói menos do que uma bofetada.

O psi, portanto, foi meu instrumento para sair daquela casa de degenerados. Cada sessão tinha somente um objetivo: convencê-lo a dizer a meus pais que me mandassem para um internato. Ele não conhecia o mundo maravilhoso das minimisses; tinha ouvido contar, como todo mundo, mas nunca por alguém do meio. Pareceu fascinado. Remexia-se na poltrona. Queria manter a calma, mas, como só tínhamos uma hora, ao aproximar-se o final da sessão seu ritmo se acelerava, para ele era penoso esperar uma semana para saber mais. Não tínhamos as mesmas prioridades, ele queria entrar no mundo dos loucos, eu queria sair dele. Fizemos um trato: eu contava minhas aventuras, e ele recomendava a meus pais que me afastassem do perigo que eles eram.

O sonho é realmente o doce favorito dos psis, são ávidos por ele. E calhava bem, eu trazia uma grande cesta de doces pendurada no braço. Este era o que lhe agradava especialmente: estou passeando por um pequeno caminho campestre, a natureza é linda, nunca vi um sol tão bonito. Afago o capim de um lado e de outro, estou de braços abertos, vou levantar voo, o caminho é uma pista. Então, dou de frente com uma criança presa ao chão, com cadeado. A chave está fora de seu alcance. Posso ajudá-la, soltá-la, mas há um problema, a criança tem o rosto purulento, é repugnante, está supurando, as pústulas são brancas e vermelhas, os olhos estão cobertos de crostas, e as crostas, de moscas. Para soltá-la, preciso me aproximar dela, tocá-la. Mas, como sou uma princesa, não quero ser contaminada. Contorno a criança e corro pela pista até decolar. Fim do sonho, começo da euforia do psi. Tive de contá-lo bem umas dez vezes. Relação particular com os outros, consigo mesma, problema narcísico, egoísmo. Iupi, meu psi é um gênio. Minha mãe perdeu a razão, transformo-a em dragão, meu pai é um banana dissimulado, faço dele uma cascavel. E eu sou um roedorzinho lindo perdido naquele viveiro. Pesadelos, sonhos, obsessões, repito, repito, quanto mais falo nisso tudo, mais me enojo, mais dá certo.

Aquelas bobagens duraram seis meses. Os psis são homens como os outros, eles se cansam. Depois da centésima vez a mensagem chega, é digerida. Convocação da Rainha-mãe e de seu Valete, cenhos franzidos, olhar fugidio, voz grave, veredicto: o internato seria uma opção favorável ao desenvolvimento da sua filha, foi o que ele disse. Ou melhor, o que precisava ser entendido: sinto muito, bando de tarados, mas seu lar não é favorável ao desenvolvimento de sua filha. É preciso que eu tenha contato com outras crianças, fora do contexto da competição, é preciso que eu integre um ambiente virgem, onde ninguém conheça minha vida de princesa. Ele chama isso de recomeço. Tenho doze anos e meio e já preciso recomeçar do zero, está com muita cara de falso recomeço.

8

Aí sim, pode-se dizer que o internato parecia realmente um castelo grande e bonito. Pensando bem, devia custar um dinheirão. Aquela escola com cara de castelo espanhol cheirava a pedido de desculpas, o belo presentão para desculpabilizar, a Rainha-mãe e seu Valete tinham quebrado o cofrinho. Quando me deixaram em Jacksonville, na volta às aulas, lamentei, até tive pena, por eles e por mim. Meus pais estavam tão gentis, tão frágeis, as circunstâncias os tinham apequenado, a distância que se anunciava apagara todos os problemas, já não se viam seus defeitos por trás das frases doces e das expressões meio tristes. Chorei na primeira noite. Depois, ao despertar no dia seguinte, eu os tinha esquecido.

Agora compreendo a necessidade que certas pessoas têm de sumir. Cartões bloqueados, maus comportamentos, na vida podemos fazer idiotices e encontrar idiotas também. Devia ser um direito, o direito de sumir. O internato era um pequeno sumiço. Sim, meus pais sabiam onde eu estava, mas eu nunca lhes telefonava, eles nunca tinham notícias minhas, não viam meu corpo e não ouviam os silvos do meu espírito maligno. O internato me oferecia uma excelente fuga moral.

É uma loucura o tempo livre que meu distanciamento me proporcionou. A vida no internato era milimetrada; no entanto, eu nunca sentira tanta liberdade. Sempre gostei de aprender, de ler, de estudar, mas o fizera num entorno viciado, uma parte de meu espírito açambarcada pelo ambiente, pelos gritos, pelas ordens grotescas. Minha mãe tinha razão, eu não era muito boba, pelas minhas notas era até menos boba que os outros, pelo menos mais estudiosa. Tudo levava a crer que eu tinha contraído o vírus da competição. Fui tomada pelo jogo do êxito escolar e, como tudo corria bem, passei a jogar permanentemente. Talvez Harry Kowalski tivesse enxergado isso em mim; eu pensava mais nele do que em meus pais e, quando minha mãe dizia que tinha orgulho dos meus boletins, eu imaginava o sorriso dele. Sim, é isso, minhas boas notas traziam de volta a lembrança do sorriso dele. O psi disse que ele tinha sido uma espécie de pai substituto, idiotice completa. Que necessidade aquele cara tinha de usar palavras complicadas para coisas simples. Harry era um amigo. Não era meu namorado ou meu amante, como imaginava minha mãe, também não era meu pai. Era um amigo mais velho, um amigo que achava que eu valia mais do que cílios postiços, um sutiã com bojo e uma cor artificial de caramelo.

Mas, se há uma coisa constante entre os humanos em geral e as crianças em particular, é a inveja. Nos adultos, frequentemente é dissimulada, nas crianças é totalmente transparente. Ser a primeira da classe me trouxe tantos problemas quanto ser a minimiss da escola. Antes eu era popular por más razões; então passei a ser impopular por outras más razões. Aparentemente eu exagerava. Ser bonita e boa nos estudos era suspeito, para uma parte dos alunos. Angariei a inimizade de um bandinho de pestes que viam com hostilidade o olhar satisfeito que os professores me dirigiam e, pior, os olhares vidrados que alguns meninos me lançavam. Cabe dizer que eu crescera onze centímetros em seis meses e atraía não só os garotos da minha classe como também os mais velhos, com o rosto cheio de espinhas. Eu era cotada entre aquelas caras de chocolate branco com flocos de arroz. Apaixonar-se por um adolescente é apostar no que se esconde atrás daquelas espinhas e na maneira como seu rosto vai ajustar o crescimento das cartilagens. Pensando bem, é um luxo começar a vida sentimental com uma cara dessas, ainda bem que tudo só pode acabar se ajeitando – enfim, geralmente.

Elas não eram muitas, apenas quatro, mas tinham o poder de fogo de um regimento. Quando quatro meninas nos detestam, é a humanidade inteira que nos despreza. Sssss sssss somos as víboras. Sssss sssss estamos na classe. Sssss sssss estamos no pátio. Sssss sssss estamos atrás de você. Sssss sssss estamos por todo lado. Durante muito tempo achei que a vida fosse isso, ter sempre alguém que nos impede de viver, de respirar, de pensar, de comer. Mas acabou-se, hoje ninguém mais me impede, sou só eu que mando, sou só, simplesmente.

Eu era um estranho paradoxo: aquela de quem mais se falava e aquela com quem nunca se falava. Bonita demais para os feios, inteligente demais para os imbecis, sozinha demais para todo mundo. Estão me achando pretensiosa? Então queiram juntar-se a uma das categorias citadas acima. Quem gosta de mim que me siga! Ninguém. Bom, tudo bem, vou encontrar um companheiro que me conforte.

Em vez de espinhas ele tinha botões, uma grande fachada de vidro, uma grande boca metálica. Piscava para mim o dia todo, conquistou-me sem esforço. Deixei-me seduzir facilmente, tornei-me sua amante, sua escrava, até. Um distribuidor, uma máquina automática de venda de doces. Estava sempre ali, fiel, ligado, generoso, diariamente reabastecido de carícias açucaradas, guloseimas com cobertura de chocolate, de gordura, de sal. Seu sorriso retangular derramava latas de refrigerante *bubble*, era um amante de ruído regular, sem surpresas, o amante perfeito. Bastava colocar uma ficha e digitar o número de seu orgasmo. Eu tinha a sorte de não ter acne, minhas espinhas provinham da alimentação. Recentemente vi um filme, *Réquiem para um sonho*, adorei. Quem o conheceu vai entender como me inflamei. Nesse filme, a mãe do herói viciado em drogas faz um regime para caber em seu vestido vermelho e participar de um programa de televisão. Mais uma enlouquecida pela busca por fama. Ela faz um tratamento à base de anfetaminas para emagrecer, se vicia, e sua geladeira se anima. A geladeira a desafia, atormenta, ameaça. Sua porta torna-se transparente e mostra suas entranhas, frangos assados, sanduíches apetitosos, guloseimas. A velha enlouquece. A geladeira ruge, fumega, é um personagem aterrador, um malvado superior como A Coisa, Freddy Krueger ou Hannibal Lecter. À noite ela sonha com a geladeira. Nada a ver com meu distribuidor automático, sua porta já era transparente, ele era calmo e nem um pouco sorrateiro. Ao contrário, mostrava-se generoso, e por essa razão eu sonhava com ele à noite. Era um amante, um amigo. Com que teoria idiota meu psi teria definido aquela relação? Um distribuidor automático substituto? Uma transferência? Nesse caso, devorei as entranhas do meu pai. Réquiem para um esquálido.

Clique, zzz, claque, recompensa. Clique, zzz, claque, recompensa. De tanto ser recompensada, os problemas de espinhas no meu rosto acarretaram problemas de botões nas minhas saias e calças. As espinhas desabrochavam e eu já não conseguia fechar os botões. Clique, zzz, claque. Seja como for, a maior recompensa foi ver a cara da minha mãe ao longo das minhas voltas para casa nos fins de semana. Eu lhe trazia notas excelentes, era a melhor em tudo, e ela só enxergava meu corpo se arredondando. Eu ironizava, afinal sou a melhor, você deveria estar contente, mas ela não estava. E educação física, e educação física?, dizia. Por que você não é a melhor em educação física? Já viu seu corpo? Sim sim, vi, não não, não vou me esforçar. Recuado, o Valete declarava corajosamente que era melhor tirar boas notas do que ter um bom peso. Era difícil defender o contrário, ela ficava encurralada, louca da vida, e eu, vocês hão de entender, ficava feliz. Minha alegria se pautava pelo desespero dela. Clique, zzz, claque, recompensa.

Sou o namorado de Elizabeth Vernn. Foi o que alguém escreveu no vidro do distribuidor automático. Achei muito engraçado, talvez fosse esse o problema. Ri sozinha, como uma idiota, diante do vidro do meu amante, olhei à minha volta, depois lambi o vidro, dei uma lambida no meu homem. Passei a língua em todas as letras. Quando a vítima de uma brincadeira é a primeira a rir, nem sempre a reação provocada é a que se espera. As quatro pestes que estiveram na origem do meu acasalamento com a máquina aproximaram-se de mim, me cercaram, me chamaram de louca e, quando tentei sair do círculo, me empurraram, me rechaçaram violentamente de um grupo do qual eu não queria fazer parte, o cúmulo. Como já disse, nunca me ponho aos berros, nunca. Não sou fraca.

Minha mãe cortou minha mesada para impedir que eu a gastasse com meu namorado automático. Para ela, era insuportável me ver estufando. Pensando bem, minha mãe é mesmo uma mulher incrível. Trago tudo aquilo com que os pais sonham, resultados brilhantes, e ela me priva de mesada; punida por ser boa aluna, o cúmulo. Muitas vezes me perguntei se ela não teria sofrido uma queda grave da escada, um troço forte que lhe tivesse deslocado um elemento do cérebro. Quando ela morrer, vou pedir uma tomografia para verificar, só para ter certeza. Mas, enquanto isso, era preciso encontrar um meio de sustentar minha paixão. Em *Réquiem por um sonho,* a fulana viciada em heroína vende o rabo por uma dose, eu vendi a cabeça por salgadinhos e barras de chocolate. Vendi meus deveres e meu saber aos necessitados. Por alguns tostões, fui até os gazeteiros, os rebeldes de pacotilha, os fracos e, sem dar na vista, passei a eles umas doses. Traficante de boas notas. Eu trabalhava em dobro, mas também petiscava em dobro. Eu me esfalfava em cima das lições dos outros devorando guloseimas. Réquiem para um esquálido. Continuei estufando, minha mãe continuou se desesperando, tudo ia voltando à ordem.

Acabo de reler tudo o que escrevi e uma palavra me volta o tempo todo, uma palavra parasita que se enfiou por toda parte sem que eu percebesse: cúmulo. Meu psi certamente teria encontrado uma maneira obscura de explicá-la. Ela se impõe naturalmente e, embora eu saiba o que significa, não sei qual sua definição exata no dicionário. Para compreender, prefiro o dicionário ao meu psi, é mais breve, mais barato e, principalmente, menos chato. Cúmulo é *um ponto culminante, um grau extremo.* Cúmulo também é *o que passa da medida*, portanto deduzo que se trata de desmedida. Nesse caso, entendo melhor por que essa palavra se enfia por toda parte no relato que estou tentando, com vocês, fazer da minha vida. A desmedida. Vocês ainda não leram nada, ainda não viram nada. O cúmulo, estou dizendo.

9

Cresci e engordei a toda a velocidade. Em dois anos e meio, minha aparência mudou totalmente. É muito simples, entre meu último concurso de miss e o início do meu segundo ano de internato, desafio qualquer um a reconhecer em mim a mesma pessoa. É impossível. Nem eu consigo. Muitas vezes, no fim de semana, olhava as inúmeras fotos da Princesa Kodak que eu fora e, no espelho, a bola de gordura gigante em que me transformara e não encontrava nenhuma semelhança entre aquelas duas pessoas. Tinha a sensação de ser um ogro, a sensação de que eu podia entrar na foto e pegar aquela coisinha frágil na mão, como King Kong fez com a loira. Eu comia tanta gordura, meu estômago estava tão cheio que refluxos ácidos me corroíam as cordas vocais. Minha voz era grave. Agora olhava minha mãe nos olhos e, acreditem ou não, ela os baixava. Quando eu cruzava com meu pai, ele soltava alguma banalidade com ar constrangido, pigarreava e tossia. Sim sim, quando tinha contato comigo ele tossia tanto que parecia alérgico. Enfim, ele parecia tranquilo com minhas boas notas, decerto pensava que, quanto mais depressa me formasse, mais depressa me tornaria um fantasma em sua casa. E, em sua cabeça, uma lembrança ruim.

Dois anos e meio antes, minha mãe me exibia com orgulho, muito esperançosa. Fazia-me subir nas passarelas para mostrar minha beleza, na esperança de que eu também subisse no pódio. Mostrar. Mostrar a miss. Subir às alturas para brilhar. Agora eu já não precisava de escadas para me fazer notar, e, quando fazíamos compras juntas, ela sempre se mantinha meio afastada, andava depressa com o olhar fixo. Chegou a se assustar ao me ver, e não é pouca coisa fazer a mãe levar um susto pelo simples fato de aparecer. Antes, ela queria me fazer aparecer, agora queria me fazer desaparecer. Eu me divertia feito louca com isso, chamava Mamãe! Mamãe! entre as prateleiras das lojas. No caixa, eu a acariciava e a beijava ruidosamente. Cobria-a de vergonha e de sentimentos falsos. Eu era sua vergonha, seu fardo, e era esse meu presente.

Minha mãe e eu seguimos trajetórias diferentes. Ela enveredou cada vez mais pelo caminho da depressão. A cada sexta-feira à noite seu abatimento subia um degrau, a cada aparição minha ela levava uma pancada na cabeça. Eu lhe dava medo, ela me dava pena. Antes, meu pai tinha em casa duas mulheres bonitas, agora topava com um esqueleto e um ogro que se detestavam. Do ponto de vista estético, ele perdeu muito naquela interseção das curvas. Bravamente, arregaçou as mangas, passou a destampar garrafas de cerveja e desarrolhar álcoois fortes. A foto de família modelo amarelou rapidamente, craquelou e depois se desmanchou para acabar virando poeira.

Aprendi que onde Átila passava a vegetação não crescia mais. No lar onde cresci, a vida não florescia mais. Era um campo de batalha, de ruínas, que eu visitava todo fim de semana como general vencedor, de queixo duplo erguido e olhar inquisidor. O que teria acontecido se eu fosse fraca, se tivesse perdido? Não dá para saber, mas dá para supor. Teria me tornado uma coisinha frágil, dócil, desconfortável na minha pele. Ora, vocês decerto perceberam que eu não estava nem aí para minha pele. Quanto à minha cabeça, era outra coisa. Com frequência eu tinha a sensação de ter controle total da minha existência.

Será que eu tinha sentimentos por meus pais? Não lembro exatamente, provavelmente sim, um pouco. Isso já não vem ao caso no momento em que estou escrevendo estas linhas. Mas o que predominava era a alegria que me proporcionavam suas expressões decepcionadas, aquele cheiro de queimado que os envolvia. Muitas vezes eu tinha consciência de estar passando dos limites, mas essa sensação me fazia tão bem, não há como explicar. Depois de um fim de semana de silêncio, de provocações, de coabitação hostil, na segunda-feira de manhã eu ia embora com uma sensação de desperdício, um aperto no coração, um vazio, uma bola na garganta e, no estômago cheio, a vontade de me acalmar. No entanto, na sexta-feira seguinte voltava-me a vontade exasperada de fazer tudo de novo, de avançar mais ainda.

Meus pais estavam tão aniquilados que já nem brigavam; de certo modo, tinham até se tornado solidários, se ajudavam, se apoiavam na provação. Se eu passara da infância à adolescência em alguns meses, no mesmo tempo eles se tornaram velhos, jovens velhos. Uma estava entorpecida pelos calmantes, o outro, atordoado pelo álcool. Ouvia-os falar em voz baixa na sala, empertigavam-se devagar quando eu passava no corredor, fingiam estar atarefados, para me ignorar até fingiam que se amavam. Talvez seja o único milagre do qual possa me vangloriar: consegui reaproximar meus pais. A adolescência é o melhor teste de impacto para os pais, ou vai ou racha. Que coisa linda eu fui: a melhor das terapias de casal.

Se vocês leram e entenderam bem o que escrevi, devem ter percebido que uma vontade me animou e continua me animando. A autodestruição é uma coisa especial: um andar desmorona, mas a satisfação dura muito pouco, ainda há poeira e entulho por todo lado, sentimos alegria, os olhos ardem, sorrimos, no entanto o amargor já está ali, dá vontade de continuar, é preciso continuar, é preciso explodir tudo até o térreo, ainda não basta, depois é preciso escavar. Essa coisa não tem fim, essa droga não tem fim.

Seios, sensualidade e pelos, é o que chega ao corpo de uma adolescente. Sangue, é o que sai do corpo de uma adolescente. Só faltava essa, tanta coisa para administrar, é tanta pressão, deveres de escola, alimentação, ambiente em casa, e ufa, um monte de pastas enormes sobre nossa mesa. Seios eu já tinha tido artificiais, pelos já tinham sido uma preocupação na infância, sensualidade era um problema diferente, e sangue, apesar de já ter tido atrás da orelha, entre as pernas era outra coisa. Sobrecarga de trabalho, foi assim, em retrospecto, que senti a puberdade. Uma puta sobrecarga de trabalho.

Meu corpo já tinha mudado muito. As barras de flocos de arroz fornecidas por meu namorado automático tinham feito um bom serviço. Imaginem uma barra de cereais com manteiga derretida e calda de açúcar, um regalo; acrescentem litros de laranjada de cores naturais e cintilantes, uma delícia, e vocês terão uma ideia de minhas refeições equilibradas. Fechem os olhos e tentem visualizar minha aparência. Errado, ainda estão longe da realidade. Nossas *first ladies* não tinham começado a se interessar pelo peso de seus filhos amados, exercícios, frutas, legumes e toda essa coisarada. A comida ainda era o ponto cego da luta contra as drogas. No entanto, uma coisa posso dizer, eu era viciada em calorias. Três anos antes, eu era a garota-propaganda de uma rede de lojas de artigos de esporte, agora já não conseguia nem entrar nas calças jogging que vendiam para meninas da minha idade. Primeira em matemática, última em educação física, e tudo isso sem me esforçar de verdade.

Aquele menino tinha uns olhos de sangrar o coração. O uniforme escolar dava a todos nós um ar meio idiota, menos a ele. Tinha um nome de ressonância meio hispânica, um sorriso elaborado pela NASA e, nos olhos altivos cor de carvão, uma força telúrica, nenhuma espinha no horizonte, um enigma. Não havia uma só menina que não sonhasse com ele. Nem ouso pensar nas noites que ele teria passado se fizesse a ronda dos quartos. Naquela idade, quando um menino e uma menina se cruzam o reflexo clássico é dar uma risadinha, enrubescer, gaguejar. Nesse ponto, minhas colegas e eu estávamos num estágio superior. Ficávamos sem ar, com a boca seca, tínhamos taquicardia, tremores, mãos e peitos úmidos, uma doença, gripe espanhola.

Tive essa experiência, eu sei, posso provar, na adolescência os meninos não procuram um físico, uma beleza, procuram a menina que os transformará em homem. Sua obsessão é só o ato, não a pessoa com quem o executarão. É preciso passar por ele, pouco importa como e com quem, é a etapa necessária. Então sentem-se melhor, satisfação fugaz, depois estão condenados pelo resto da vida. Só pensam em fazer de novo, será o fio condutor tenaz e espicaçante de sua existência, até seu último suspiro. Fiz alguns meninos suspirarem, e comecei por John Fernandez.

Como todas as meninas do campus, as quatro víboras sucumbiam ao encanto de seus olhos fogosos. Elas tinham o físico adequado para ter pretensões ao interesse do ídolo. O rumor do que eu fizera com ele as enlouqueceu. Eram apenas beijos desajeitados e uma mão atrevida num recôndito. Mas, nessa idade, o boca a boca logo transforma uma simples punheta em orgia de ninfeta. Quando fiquei sabendo pela rádio-corredor o que tinha feito com ele, até eu me choquei, jamais pensei que seria capaz daquelas coisas. Dito isso, passei a ter umas ideias. Mais tarde, me inspirei nas safadezas que me foram atribuídas. Ssss, ssss, as víboras deformaram minhas brincadeiras de jovem púbere em delírios de demônio do inferno. Eu era o diabo.

A vida é malfeita. A não ser minha língua na boca dele e o movimento mecânico do meu braço, meu primeiro amante não quis mais nada de mim. É de imaginar que da minha parte foi diferente. Ao chegar a essa etapa, a essa idade, nos braços do menino mais bonito da Flórida, ninguém quer que a coisa pare. A vida é malfeita, pois pela primeira vez lamentei ser tão feia. Espinhas, peso, cabelos oleosos, nada de bom. Eu teria feito qualquer coisa para voltar a ser uma princesa, sua Princesa. De repente, passei a desejar perder aqueles quinze quilos a mais. Eu sonhava, me via magra. Tinha pesadelos, esperava meu príncipe encantado diante da igreja e era o distribuidor automático de doces que saía da limusine. No sonho, eu devorava anfetaminas como a velha louca de *Réquiem para um sonho* e, ao acordar, rangia os dentes, aqueles sentimentos disparatados me perseguiam dia e noite. Meu psi teria adorado. Eu tinha câimbras no estômago, a repulsa por mim mesma superava o reflexo que o espelho me devolvia. Ele devorava todo o espaço, me corroía, permanente e obstinado. O que fazer quando um garotão lindo nos larga? Às vezes voltamos para nos consolar nos braços do ex. Sou o namorado de Elizabeth Vernn – se isso não é um voto de fidelidade eterna, não sei o que é. A vantagem do meu distribuidor automático era não ser ciumento, disso eu tivera todas as provas.

Minha fama exagerada me valeu atrair todos os meninos que desejavam se tornar homens. Minha dificuldade era a escolha. Quando seguramos na mão a pica de um homem, nós o temos inteiro. Temos entre os dedos sua vida, seu passado, seu presente e seu futuro, suas fantasias, seu gozo e suas lembranças. Ao compreendermos isso, temos o poder. Fui poderosa. Pensava em provocar o ciúme de John, achava que, ficando com outros meninos, eu poderia fazê-lo voltar. Agora, pensando bem, fiz o contrário do que deveria, e ele se enamorou de uma das quatro víboras, Kate, que se parecia vagamente com a Moss. Uma vontade complicada, a de matar, uma vontade simples, a de matar os dois. O diabo, em sua grande perversidade, nos dotou de órgãos genitais e de uma libido, o paraíso. Deus, em sua grande generosidade, nos forneceu um cérebro e um coração, o inferno.

10

Minha dificuldade de escolha dizia respeito não só aos meninos, mas também a minhas perspectivas de futuro. Alguma coisa em meu comportamento impedia que os professores me apreciassem; entretanto, eles eram obrigados a reconhecer que eu era boa aluna. Havia constrangimento em seus olhares, eu os incomodava. No primeiro ano, eu fora uma espécie de queridinha, no terceiro, me tornara um objeto escolar não identificado. Notas de primeira, comportamento de última, físico, look e reputação de marginal. Alguns eram meio secos, outros, completamente indiferentes, e quando sorriam para mim eu sentia que se forçavam, eram meio obrigados, não iam difamar um exemplo de sucesso, afinal era preciso transmitir um sinal positivo aos outros alunos.

É possível acumular aventuras e permanecer mais ou menos fiel a uma delas. Foi junto de uma mulher que me refugiei nos meus períodos de melancolia. Holly Golightly, em *Bonequinha de luxo,* superava tudo com galhardia, elegância, indiferença, entusiasmo, tocava todos os que se aproximavam dela, mas nada a atingia. Ela também fazia coisas no banheiro, eu me sentia menos sozinha. Para dizer a verdade, e não é muito original, identifiquei-me com ela, só uma coisa era discrepante: meu físico destoava. Além de fina e livre de espírito, ela também o era de silhueta. Por ela e graças a ela, empreendi mais uma metamorfose. Meus amantes de papel me deram vontade de ensinar Letras, minha mestra me deu a de ser leve e esbelta. Eu me projetava perfeitamente como professora erudita e sexy. Hoje, pensando melhor, me acho muito ingênua. Se vocês me vissem no momento em que estou escrevendo estas linhas... Não sou professora de literatura numa faculdade de prestígio, escrevo num caderno multicolorido, dizer que uma coisa deu em merda é pouco. O fato é que meu objetivo da época me estimulou, embalou, transformou. Vivi os dois melhores anos da minha vida, que ainda é curta, admito. Já é alguma coisa e não deixa de ser um ganho.

Dispensei meu namorado fornecedor de gordura, fui para a academia de ginástica todos os dias, invoquei a lembrança de Warren para arrumar os cabelos e os resultados chegaram bem depressa. É a vantagem da juventude, o corpo ainda é matéria maleável. Em três meses eu tinha emagrecido, em seis tinha derretido. Os quinze quilos a mais que me distinguiam das outras se liquefizeram em suor. Eu corria como louca atrás de uma silhueta que se desenhava ao longe em linha pontilhada. Corria ao encontro do meu objetivo, que eu pensava estar traçado. Sabia o que queria fazer da minha vida, tinha meios para conseguir, estava a meu alcance, então eu corria.

Passei a vida elaborando teorias que os fatos se apressavam em desmanchar. Aos catorze anos temos a cada dia uma verdade definitiva, que se diverte em se tornar mentira no dia seguinte. Dia sim, dia não, eu me enchia de ser a vaca de plantão, me enojava, jurava acabar com aquilo, no entanto fazia de novo. Já disse que segurar os homens pela pica é como mantê-los na coleira. Quieto, deitado, dá a patinha. Homens gozando fazem ruído de fera enjaulada. Alguns eram tão ridículos que eu caía na gargalhada. Dei prazer. Será que tive? Sim, claro, porém mais pelo poder que me conferiam do que pelo ato em si. A proibição e o poder são afrodisíacos. Com minha nova aparência, os cachorrinhos não se contentaram em vir se divertir, alguns quiseram me amar. Eu já não era uma porcaria qualquer, tinha voltado a ser Cinderela. Eu os humilhei. Sabe-se lá por que, eu os fiz pagar pelo meu próprio comportamento. Quando eu dizia a vocês que não era equilibrada, não estava mentindo.

Ao contrário do que se poderia pensar, minha nova silhueta não mudou muito as coisas em casa. Primeiro, porque não mudei de atitude, apenas de aparência. Além disso, três anos de queda era muito tempo para voltar à superfície. A Rainha-mãe tornara-se um modelo de negligência. Quando eu voltava para casa, na sexta-feira à noite, encontrava-a de penhoar vendo televisão no escuro. Brandia seu controle remoto como um cetro, mudando de canais, fazia desaparecer seus assuntos. Sim, minha nova aparência lhe agradava, mas, já sem forças para se vangloriar, sorria frouxamente. Quanto ao Valete, ele fazia parte da coorte de seres humanos que a internet tinha engolido vivos. Tinha a ilusão de estar na ponta da tecnologia estragando a visão o dia inteiro e uma parte da noite. O que ele fazia, de fato? Não sei muito bem, apostas, informações, pesquisas, coisas, sei lá, encontrava tudo o que queria, então tinha a ilusão de estar avançando ao ficar sentado de manhã à noite com uma cerveja na mão, aventureiro da net e da garrafa. Nossa família resumia-se às telas.

Qual é a diferença entre mim e Truman Capote? Não tenho talento nem imaginação suficientes para transformar minha infância de merda em romances mágicos ou terrivelmente trágicos. Não esquadrinho o fundo da minha alma para criar histórias; olhando por cima do ombro vejo o que deixei para trás e escrevo, descrevo. Nas duas vezes em que Capote recorreu à realidade, isso o destruiu. Na primeira vez, apropriou-se de um episódio do dia a dia, *A sangue frio*, imenso sucesso, sua vida se arrasou. A segunda vez será a última. Em *Súplicas atendidas,* ele descreveu com cruel ironia aqueles que havia conhecido, perdeu tudo. A realidade é um veneno do qual tomo uma gota por dia na companhia de vocês. À sua saúde!

11

Segundo Santa Teresa de Ávila, mais lágrimas são vertidas sobre as súplicas atendidas do que sobre as que não o são. Formulei súplicas, dirigi-as a não sei quem, as entoei, murmurei, bradei. Não sei se fui ouvida; em todo caso, fiz tudo para que fossem atendidas. Essas súplicas eram deploráveis, essas súplicas eram maldições, sim, é isso, não era religião, era feitiçaria. Destruí as pessoas enfiando pregos em suas estatuetas. A diferença entre mim e Capote? Já perdi tudo, já arrebentei tudo, não tenho mais nada a perder, só me resta contar. Vamos suplicar juntos.

Com meu corpo dos sonhos consegui reconquistar o coração do ídolo espanhol. Todos aqueles discursos idiotas dizendo que a beleza interior é mais importante do que a beleza física não têm valor quando temos dezesseis anos; nem sei se isso é verdade quando somos mais velhos, mas espero, pois hoje sou tão feia por fora quanto por dentro, então estou em maus lençóis. Recuperei meu primeiro amor, arranquei-o dos braços de Kate, a víbora.

Os dois melhores anos da minha vida, tralalá, que vida linda! Eu me tornaria uma sumidade das Letras, professora e, por que não, escritora famosa. O amor dá asas; pelo menos o espírito levanta voo. Ele queria ser médico, fazer trabalho humanitário. Tinha o coração grande, ou seja, na época. Encontrei seu rastro nas redes sociais, estuda cirurgia plástica, sua carteira também será grande. Não sou muito original, mas o amor tinha me abrandado, eu tinha me tornado boba e estava feliz assim. Íamos mudar o mundo, com certeza. Seus pais, Jorge e Veronica, moravam num apartamento imenso, no alto de uma torre; o quarto de John dominava o Atlântico. Felações no mar, cunilíngua no mar, coitos no mar, orgasmos no mar, como fizemos sexo na frente e contra aquela janela panorâmica! Ou seja, o paraíso. Seus pais eram adoráveis. Contei-lhes dos meus como contei a vocês, acolheram-me imediatamente. Eles me alentaram e mimaram como se eu fosse uma sobrevivente, me adotaram. Internato durante a semana, notas altas, fim de semana no céu, porra, como aquilo fazia bem. Uma vida de princesa sem os inconvenientes.

Mais lágrimas são vertidas sobre as súplicas atendidas... Dessa vez, não havia por que chorar sobre esse sonho realizado, porque eu nunca o tivera. Dos zero aos sete anos, como todas as crianças, eu tomava a vida tal como ela vinha, sem indagações, sem comparações, sobretudo sem objetivo. Dos sete aos onze anos, tomava a vida tal como me era dada, com o objetivo de agir como devia. Dos onze aos quinze, eu tinha recusado a vida que me apresentavam, fabricando outra que me impus, ou melhor, tinha feito o contrário do que se esperava de mim, isso mesmo; na verdade, essa é a definição comum da adolescência. Mas então, mas então, fui colhida por uma vida que ultrapassava o que eu desejara, o que sonhara. Nunca tinha pensado numa felicidade tão perfeita. Como imaginar que aquilo podia existir. Impossível.

Em quinze anos, meus pais nunca tiveram a ideia de me levar aos Everglades. Às salas polivalentes, sim, eu seria capaz de fazer um guia das salas municipais, grande coisa, isso não interessa a ninguém. Os Everglades ficam a uma hora de Miami, visitei toneladas de castelos fajutos a quatro horas de estrada, mas nunca o parque natural mais bonito da Flórida. Às vezes íamos à praia, claro, Miami Beach ficava a vinte minutos de estrada de nossa casa; eles sempre arranjavam um pretexto para brigar, mas, bem, apesar de tudo eram jornadas agradáveis, não vou lhes tirar todo o mérito, que fiquem as lembranças. De nada, Vossa Alteza.

Todo ano, no Thanksgiving, a família de John ia passar alguns dias em Key Largo. E resolveram gentilmente me levar para descobrir os Everglades. Tinha a impressão de ser uma turista na própria região, como na minha casa, e aqui é a cozinha, aqui a sala de estar, ah, sim, veja só, como aqui é agradável, obrigada, bastava abrir a porta. Bem, é verdade que atrás da porta havia crocodilos, mas sem problema. Os pais tinham reservado um barco só para nós dois, com um guia a postos, lá em cima. O ventilador gigante nos impelia por aquela extensão de água. Estávamos na frente, John e eu, ele me apertava nos braços, tínhamos a sensação de sermos Kate Winslet e Leonardo DiCaprio em *Titanic.* Já avisei, é uma bobeira mas nos deixa felizes. Os pássaros levantam voo quando passamos, os crocodilos bocejam, os nenúfares flutuam, o sol bate na água e nos pula no rosto por cima, por baixo, e eu me sinto nas nuvens.

O complexo de Key Largo pertence à família Hilton, a de Paris, capitalmente imbecil. É uma maravilha – o hotel, não a moça. Ok, é elementar e maldoso, mas tenho um problema com ela. Quando a vejo, digo a mim mesma que minha mãe queria aquilo para mim. Por mais que eu pense, não imagino outras saídas possíveis para minha vida se tivesse vencido todos os meus concursos. Voltemos ao hotel, mais tarde talvez eu fale dela novamente. Praia particular, areia branca, água clara e calma, pessoal amável, eu tinha a impressão de estar numa série para adolescentes privilegiados. Temos duas imensas suítes conjugadas, uma sacada com vista para o mar, um telefone mágico que nos traz o que queremos e que responde a todas as nossas perguntas. Rapidamente, nos acostumamos.

Muitas vezes me pergunto como os pais de John fazem para serem tão gentis, é desconcertante. Parecem drogados, compelidos à gentileza, nada os afeta. Voz meiga, sorrisos furtivos, tomam tudo sem se abalar, altivamente. Os garçons sobem para levar-lhes coquetéis com guarda-chuvinhas, *carpaccios* de lagosta e de abacate e descem contaminados pelo sorriso com uma nota de dez dólares. Talvez seja isso que se chama de ser tocado pela graça.

As espreguiçadeiras são nossos tronos; os dias desfilam; e nós reinamos sobre uma pilha de revistas de esporte, femininas, de economia e culturais, que comentamos com voz confidencial e sonolenta. Vasculho os classificados para achar um trabalho no fim de semana. Sinto-me desconfortável por depender daquela nova família, que me dá tudo e não exige nada. Você não vai trabalhar por tão pouco, é um absurdo, diz Veronica baixando os óculos. Não vai servir batata frita para os turistas, é desonroso. Talvez seja isso que se chama de novos-ricos, pessoas que se recusam a se lembrar de sua vida de velhos-pobres. Querem esquecê-la a todo custo. Mostrando-me uma propaganda da Dior, na *Vanity Fair*, ela me sugere tentar ser modelo. Com os óculos na ponta do nariz, faz uma varredura do meu corpo da cabeça aos pés. Você é tão bonita quanto todas as moças desta revista, sabia, ainda que seja preciso disfarçá-la com roupas de grife, é muito bem pago, se quiser posso me informar com minhas amigas. Com certeza podemos encontrar um diretor de *casting* para você. Jorge me examina várias vezes, parece concordar com sua mulher. John está dormindo e fica fora do debate. Decerto estão pensando mais neles do que em mim. Não lhes digo, mas com a cobertura, o Range Rover e os escarpins Jimmy Choo, uma nora modelo faz bonito, fica bem, ao passo que uma nora que serve cheesebúrguer faz feio, não fica tão bem, é como um pedaço de alface nos dentes cor de diamante. O que digo em resposta é que já caí nessa, que prefiro morrer a voltar a usar meu corpo para ganhar dinheiro, que minha pele é uma embalagem, um peso morto sobre meu esqueleto. Naquele momento eu achava isso, de verdade.

O último dia da temporada também se passa em gravidade zero, dessa vez no sentido próprio. Voamos de paraquedas, rebocados por um barco. É então que descubro, de fato, como John e seus pais enxergam a vida. Estamos cinquenta metros acima do mar, as cores têm mais brilho, esmeralda, safira, diamante, o cara do barco é minúsculo, sobrevoamos uma maquete com figurinhas na praia. É por isso que eles sorriem o tempo todo, eles pairam sobre um porta-joias, não dá para fazer cara feia diante de um espetáculo como aquele. É bonequinha de luxo. Sim, sim, eu me atrevi.

Volta à terra, ou melhor, à água. O pai de John alugou uma cabana flutuante para jantar. É uma palhoça de apenas dez metros quadrados com cobertura vegetal, uma mesa, uma geladeira, e flutua. Garrafas de vinho rosé, reggae e patas de caranguejo, tudo simples, pensando bem. É a primeira vez que bebo, tudo fica mais suave, a começar pela mãe de John. Sabe, você é um pouco mais do que minha nora, o rosé torna a declaração perturbadora, fico comovida, meus olhos se enchem de lágrimas. Risos, patas de caranguejo, pôr do sol e pelicanos, flutuamos sobre um manto de prata alaranjado. No olhar do pai vejo outra coisa, tenho a impressão de que também sou um pouco mais do que nora para ele. Mas com certeza é o rosé.

12

Pelo menos o distribuidor automático não tinha variações de humor. Quanto a John, ele tinha necessidade de se assegurar o tempo todo; no começo, era tocante, depois de um tempo, um tanto irritante. Mas, bem, isso mostrava que ele de fato gostava de mim. Meu passado de leviana realmente não ajudava a abrandar seus ciúmes, ele era ligeiramente paranoico. No entanto, ele não tinha nada a temer, pela primeira vez em muito tempo minha sensação era a de estar pisando em terra firme. Tinha tudo da namorada ideal, bem-comportada, amorosa, estudiosa, mas é verdade que eu sempre atraía olhares, não podia fazer nada contra isso. Também não ia viver de burca. Não era culpa minha o uniforme de escola, saia e meia soquete, despertar a cobiça de alguns. Isso tinha de ser resolvido com a direção, não comigo. Não sou responsável pelas fantasias veiculadas pelo cinema ou pelos clipes. Também não era culpa minha ser fisicamente favorecida pela vida.

Fora isso, tudo corria às mil maravilhas. Na sexta-feira à noite, a mãe de John ia nos buscar no ônibus. O jantar com seus pais era sempre fabuloso, regado com uma ou duas taças de rosé. Eles são imigrantes de primeira geração. Veronica veio da Argentina, Jorge, da Bolívia; raízes espanholas e italianas. Veronica fala um espanhol cantado, suave e chiante.

Qué lindo! Ela diz que o espanhol da Argentina é o mais bonito do mundo, que eliminou todos os *rr* e acrescentou chacha em tudo, por isso é tão macio. Os três concordam que o sotaque argentino é o melhor do espanhol e o melhor do italiano reunidos. A fala deve ter uma influência sobre o ambiente, pois entre eles tudo era suave, eu me sentia imensamente bem naquela família. Ao entardecer, de vez em quando íamos à praia ver os navios e os ferryboats passarem ao longe: com suas luzes em vários andares, era Las Vegas passando ao largo. Às vezes os pais dele nos deixavam, dando-nos dinheiro para o táxi; quase sempre íamos tomar um sorvete na Ocean Drive antes de retornar. Às vezes dormíamos na praia, voltávamos nas primeiras horas do dia, na ponta dos pés, com areia por todo lado. Sexo na praia é uma falsa boa ideia, uma fantasia de filme ou de romance. Passado o ato, é um martírio. Dez minutos de festa antes de uma noite insuportável. Nos filmes, nunca vemos os heróis limparem o traseiro para não encher a cueca de conchas, nunca lemos nos romances que os personagens esfregam as dobras para tirar a areia grudada ou cospem a areia que têm na boca e que faz os dentes rangerem. Também, depois da febre do coito, congelamos. O cinema se esquece de mostrar o kit cobertor e garrafa de água, por isso muita gente acaba se dando mal. Depois de uma noite na praia, John realmente já não era Leonardo DiCaprio, e Kate Winslet tinha levado uma pancada na cabeça.

Durante a semana, nos encontrávamos quando possível. Esqueci-me de dizer que John não tinha só uma cara bonita, tinha boa cabeça também. Destacava-se em ciências e era estrela em educação física, particularmente em atletismo. Todas as meninas vinham vê-lo, e esse sucesso me lisonjeava. A maldade desertara do meu espírito, eu não me vangloriava, não ostentava, não tentava humilhar suas fãs, achava-me uma sortuda. Ele detestava ler, mas aceitava ler os livros que eu lhe recomendava. Falávamos nisso com uma seriedade meio ridícula. Pensando bem, nós nos achávamos os futuros donos do mundo. E por que não? Bonitos, inteligentes, apaixonados, jovens e ambiciosos, não havia limite, tínhamos o mundo ao nosso alcance.

Em suma, tudo isso para dizer que os fins de semana eram sonhos e que as semanas estavam longe de ser pesadelos. Com ele, eu adorava todos os dias da semana. Uma sexta-feira à tarde, meus pais aparecem; vejo-os ao longe, ao lado do carro, procurando por mim com os olhos. Eu me escondo, enfio-me atrás de um grupo e subo no ônibus quase engatinhando. Puxo a cortina da última janela e vejo-os desaparecer. Têm um ar de tristeza e desespero; eles me repugnam, eu os detesto. Não estão mortos para mim porque, para morrerem, seria preciso que tivessem existido. Eles não existem mais, não existem. Li que, às vezes, os membros amputados continuam a dar comichão. É isso, durante todo o trajeto eles me dão comichão, não estão ali e não tenho onde coçar, pústulas impalpáveis, prurido invisível. Sinto raiva por quererem me ver, censuro-os por imaginarem que ainda tenho algum vínculo com eles, é demais para mim e me irrita. A fisionomia deles me seguiu por alguns dias, depois se apagou, mas, dali em diante, todas as sextas-feiras à tarde tive comichão naqueles membros mortos, a eventualidade de vê-los brotarem de novo me dava náuseas. Para ter certeza de que não voltaria a vê-los, mandei-lhes um bilhete simples: Vocês não existem mais para mim. O correio o devolveu com a menção *mudou de endereço.* Boa notícia.

Agora eu tinha outra família. Tinha uma família, simplesmente. O Thanksgiving se aproximava, Key Largo, Hilton, passeio de barco, embriaguez flutuante, pingue-pongue, leitura, espreguiçadeira, areia entre as páginas, era apenas o segundo ano, no entanto eu tinha a impressão de que fazia aquilo desde que nascera. Era minha vida. Jorge havia reservado as mesmas suítes conjugadas. Ao chegarmos à nossa, pedimos para trazerem macarrão com lagosta, trufas e camarão, por conta dos pais, e uma garrafa de champanhe que nós mesmos pagamos. John dá uma boa gorjeta ao garçom haitiano para não ter de mostrar a carteira de identidade, funciona. Jantamos na sacada, nos embriagamos, trepamos como porcos. Ao acordar, nos jogamos na água, a praia nos pertence, o mundo também, a boa vida é muito simples. John gosta de pescar no pontão; eu tentei, não compartilho sua paixão. Ficar horas esperando, com o braço esticado, atacada pelo sol, muito pouco para mim. Aproveito para cuidar de mim na suíte; o banheiro é imenso, eu me depilo, me besunto com todos os cremes que existem. Antes eu tinha gordura por baixo da pele, agora espalho-a por cima. Afinal, estética não é difícil, depende do lugar em que se encontra a gordura. Todas as manhãs, dou-me ao luxo de dispor de duas horas, ouço música alta, canto, com uma toalha na cabeça e um pente na mão, coisa de filme, acreditem.

Bem, com certeza as comédias românticas não são feitas para mim. Sempre há um momento em que um roteirista doidão resolve estragar tudo. No último dia, John está pescando, como de costume, e eu estou me depilando embaixo do chuveiro, redesenhando os contornos do meu triângulo. John gosta de geometria. É um cientista, como eu já disse. O vidro do box está embaçado, vejo atrás dele uma silhueta imóvel. Chamo. John? John, John! Ninguém responde. A silhueta se move, ponho a cabeça para fora e dou com o pai dele, ou melhor, com seu pau; ele me olha, na mesma hora o recolhe, abotoa a calça e sai sem um ruído, sem uma palavra. Fico sem voz. O silêncio é total, nem mais o chuveiro faz barulho. A música ressurge aos poucos, como se alguém aumentasse o volume, a água volta a correr, o vapor surge de novo. Tudo aquilo não existiu. Enrolo uma tolha em volta do tronco. Saio do banheiro, a porta entre as duas suítes está trancada à chave. Eu sonhei.

Um esgar, merda, é tudo o que eu não queria ver, um esgar no rosto dele. É muito fugaz, ninguém o percebe, só eu. Durante o almoço, não deixa transparecer nada, evito seu olhar, quer dizer, somos apenas quatro à mesa, então não há como deixar de cruzá-lo um pouco. Nada em sua voz nem em seu comportamento; não aconteceu nada. Se não fosse aquele esgar furtivo, talvez eu tivesse deixado passar, não sei, talvez eu quisesse deixar passar, com todas as forças, mas sua face e seus dentes executaram uma coreografia sórdida quando ele me viu surgir nos degraus do restaurante. John teve a impressão de ver um tubarão debaixo do pontão, pelo menos tem certeza de que viu uma arraia. Ainda bem que há os peixes para alimentar a conversa, benditos sejam as porras daqueles peixes. Agarro-me a eles. Que tubarão era? São perigosos? Como se pescam arraias? Descubro em mim uma súbita paixão por peixes. Tenho a impressão de que o almoço avança aos trancos, fazer uma pergunta permite acelerar a conversa. Nada na expressão de Veronica, nada na de Jorge, sou a única para quem aquela refeição é uma tourada. John sugere um passeio de caiaque para todos, os pais aceitam, eu dispenso.

À noite, sugiro um jantar a dois na nossa suíte. Bingo, John aceita com olhar malicioso, peço que ele repita o lance da gorjeta para conseguir uma garrafa de champanhe, seu olhar torna-se obsceno. Álcool não era uma boa ideia, mas naquele momento eu não sabia: embriagar-se é bom quando tudo está bem. Uma taça na sacada, as coisas melhoram; mais uma, relativizo; a terceira no sofá da suíte; uma quarta na cama, não quero contar para ele, não quero contar, não contar, contar. Pá, entrego tudo, ele dá uma gargalhada. De onde você tirou isso? Ele zomba. É do meu pai que você está falando. Ele me repreende gentilmente. Repito, ele conclui que bebi demais. Repito, ele já não ri. Seu rosto se deforma, a mesma careta do pai. Também bebeu demais. Pede que eu repita. Ele se levanta e vai até a porta de comunicação entre as duas suítes. Percebo a confusão monstruosa que se anuncia. Eu devia ter calado a boca. Tomo consciência de que tudo vai desmoronar.

E tudo desmorona. Ponho-me na frente da porta, suplico que ele fale mais baixo, fico de joelhos, digo que não tenho certeza, digo que devo ter delirado, que talvez tenha alucinado por causa do vapor do chuveiro. Ele me olha como se eu fosse louca. Você o viu ou não? Não sei. Você sabe ou não sabe? Sei que não o vi. Pronto, merda total. Ele olha para mim, pergunta por que está fazendo isso? Por que está dizendo isso? Não sei, me desculpe, eu o consolo, peço desculpas. Ele adormece nos meus braços, soluçando. Fico um tempo acordada, acabo com a garrafa de champanhe, arrependo-me de ter falado, estraguei tudo. Acabo adormecendo.

Ao acordar, estou sozinha na cama, sozinha na suíte. Por um instante, nunca houve tudo aquilo, olho pela janela, as árvores, um esquilo e, atrás, o mar. Eu me levanto e o álcool me sobe ao cérebro, cambaleio, e tudo me volta. Sou prisioneira daquele quarto. Ando de um lado para outro, não quero sair dali. Lá fora um desastre me espera, com certeza. Depois digo a mim mesma que ele estava bêbado, que talvez não se lembre de nada. Um porre danado, isso acontece. Eu me convenço. É uma loucura o que a mente consegue imaginar para ajeitar as coisas. Entro no chuveiro. Na pior das hipóteses, se ele lembrar, digo que estava bêbada. Um porre danado. Desculpa de merda, mas não deixa de ser uma desculpa. Estou quase leve quando apareço na varanda do restaurante. Procuro o perdão em todos os olhares que encontro. Nenhum cliente parece me acusar. Cada sorriso correspondido é uma absolvição. Ninguém está zangado comigo, todo mundo sabe que eu estava um pouco embriagada, isso acontece. Afinal, está tudo bem. Então encontro a mesa deles. Não, na verdade não está tudo bem, nem um pouco, aliás. A lembrança das seis taças de champanhe não será suficiente para acalmar os seis olhos fixados em mim. Uma merda total.

Eu me aproximo deles em câmara lenta, os olhos de John baixam para seu prato, os olhos de Jorge olham para Veronica, e os de Veronica me perfuram. Seus olhos são uma parede diante da minha cadeira, nem me sento, fico plantada como uma idiota sobre minhas pernas trêmulas. É o fim. A palavra fim ecoa na minha cabeça. Como pôde fazer isso conosco? Sem resposta, não fiz nada, não tenho nada a responder, não digo nada. John continua olhando para o prato, o pai para a mãe, e a mãe para o que resta de mim. Tenho a impressão de que o restaurante inteiro está com os olhos cravados em mim, que todo mundo vai votar pela minha execução, pela minha exclusão do paraíso. Por unanimidade, saia daqui! Seu lugar é no inferno. Acabou-se a boa vida. Começo a me perguntar se não foi você que destruiu sua família, como é possível acreditar em você? Como pode dizer uma coisa dessas? Não tem consciência? Depois de tudo o que fizemos por você. Já não sou sua filha, já não sou a mais bonita, não sou sua nora, não sou nada mais que sua inimiga, uma putinha que está acusando seu marido de ser um tarado. Ela faz suas perguntas a um fantasma. Um espectro que não diz nada. Fala sozinha, treme, sua mão treme, busca o copo, pega-o, o copo treme. Foi isso que aconteceu. O olhar de Jorge faz o mesmo que o de seu filho, mergulha no prato. O marido foi me pedir para baixar a música, entrou no quarto, não viu ninguém, passou diante da porta do banheiro, eu o vi, e ele foi embora quando percebeu que eu estava no chuveiro. Foi isso que aconteceu. Não tenho nenhuma razão para pensar outra coisa. Ninguém imagina que possa ter acontecido outra coisa, muito menos ela. John levanta a cabeça devagarinho, suas pálpebras também se levantam devagarinho, quer dizer alguma coisa, mas, quando seu olhar se fixa no meu, volta a mergulhar no prato. Se foi isso mesmo que aconteceu, por que Jorge não diz nada, por que não tira os olhos de suas panquecas? Deveria ficar nervoso, se defender, por que está de cabeça baixa? Não digo isso, mas nos meus olhos Veronica vê que não tenho a intenção de engolir sua versão. Faz menção de se levantar, apoia as mãos na beira da mesa como se fosse se levantar. Para fazer o quê? Me dar um tapa? Me empurrar até a porta do paraíso? Não sei se ela se levantou. Já fui embora.

13

Porra, não tenho nada. Não tenho nada de mais para carregar na mochila. Vim passar o feriado com dois maiôs, duas regatas, duas blusas e três shortinhos. Enfio tudo dentro, mas não acho minhas sandálias, passei a semana descalça. Não estão debaixo da cama nem no banheiro. Tenho medo de que Veronica entre no quarto para continuar aquela conversa infernal. Putinha, destruiu sua família e quer destruir a minha. Vou embora com minha mochila e sem sapatos. Corro pelas escadas, atravesso o estacionamento e passo pela cancela do vigia. Estou na estrada, descalça e de shortinho. Sim, é isso, sou uma puta. Uma puta pedindo carona. Não há gesto que resuma de pior maneira a minha situação: polegar erguido para comemorar uma vitória. Que gesto infame! *Yeah*, ganhei. Tudo perdido e estou de polegar para cima. Para que lado eu vou? De um lado está Miami, do outro Key West, mas em que sentido? Estou completamente perdida. Key West é o fim do mundo, realmente o fim do mundo, está escrito nas propagandas, bem-vinda ao fim do mundo. Fim do mundo, fim do paraíso, fim da minha vida. Key West é o beco sem saída, não poderia ser melhor, ou pior. Volto à razão. Preciso atravessar a estrada, Miami é no outro sentido. Miami é toda a minha vida, a volta ao ponto de partida, não sei se é bom, mas não tenho escolha, acho. Polegar erguido, buzinas, sensacional a garota de short, é divertido, é sexy. Um carrão freia, dentro dele dois loiros de boné, me aproximo, o carro volta a arrancar, é hilariante. Espero, não ando, andar para quê? Para me adiantar? Para fazer o quê? Espero, fico paralisada, meus pés queimam no asfalto, merda de sandálias. Na sacada, esqueci as sandálias na sacada, vejo a imagem delas. Estou exausta, não dei um passo e estou acabada. Uma picape freia, não saio do lugar, espero até ela parar, não vou me deixar enganar o dia todo. A picape para de verdade. Espero um segundo, não estou acreditando. Um braço sai pela janela. Lá vou eu.

Olá, Princesa, aonde vai? Obrigada, gentileza sua, mas não sou princesa. Ok ok, pra onde você vai? Também não sou puta. Eiiii, calma, não perguntei por quanto, perguntei para onde! Um rasta branco e musculoso, estou sentada junto de um rasta branco com músculos transbordando por todo lado. Pra onde você vai? Miami. Ok, eu também, mas Miami é grande, algum lugar específico? Err... Miami Beach, de preferência. Ok. Nem sei aonde vou nem por que respondi aquilo. Nada a fazer em Miami Beach, nada a fazer em lugar nenhum. Tento me concentrar, mas não me vem nenhuma ideia. O rasta está ouvindo Britney Spears. E o rasta branco fala, fala, faz perguntas, é um inferno, Britney Spears berra, não consigo responder, me concentro, não consigo me concentrar, ele fala, fala. Para um pouco de falar, pô! Ele breca, freia com toda a força. Nem vai para o acostamento, freia na estrada. Buzinas, pneus guinchando, balbúrdia sonora, balbúrdia pura. Ok, vaza, desce. Não não, desculpe, me desculpe, tive um dia de merda, desculpe, não quero descer. Estou fazendo um favor, não costumo recolher lixo, desce. Não, estou implorando, me desculpe, não quero descer, começo a chorar. Ok, fica e cala a boca. Obrigada, obrigada, rasta branco. Britney para de berrar, ela não quer fazer isso de novo, engulo as lágrimas. Soluço, soluço. Não penso em nada, olho a estrada, não é a mesma da vinda, soluço, no entanto é a mesma, fecho os olhos, soluço e adormeço.

Freada. Abro os olhos. Oh, meu Deus, diz o rasta branco, viu o acidente? Uma carnificina. No acostamento, três carros destroçados, fumaça, guardas, faróis giroflex. Ainda estou confusa. Vejo uma loira de costas, mexendo a cabeça, ela é da minha altura, está de shortinho. Ela se volta com o rosto sangrando, seu olhar perdido percorre os carros na estrada. Sou eu, sou eu, grito histérica, sou eu ali! A menina sou eu. O raio errou o alvo. O rasta me olha completamente confuso. Não, não é você. Calma, está me deixando nervoso. Ficou maluca? Dorme de novo. Estou dizendo que a menina sou eu. Ele vira a cabeça. Sim, ela se parece com você, mas você está aqui. O azar atingiu a pessoa errada, ele se enganou, fulminou minha sósia! Fico exaltada, o rasta fica chocado. Ok, vamos atravessar a barreira e depois bolo um baseado pra te acalmar. Você é de enlouquecer, sabia. Se não me desse pena, eu te pediria para descer, porque você me deixa transtornado. E, pois é, me dá pena também.

Ele bola seu baseado com as duas mãos, segura o volante com os joelhos, a estrada é reta, mas, seja como for, o rasta está dirigindo sem as mãos. Nunca vi isso, nunca fumei na vida. Duas tragadas, realmente me acalmo, enfim, por dois ou três minutos. Sabe-se lá por que, penso em Harry Kowalski, penso na minha mãe. Merda, agi como ela. E se eu não tivesse visto nada, se tivesse inventado tudo. Que horror, agi como minha mãe. Esse troço não deveria me deixar de boa? Vem o pânico, fico sem saliva, denunciei alguém sem razão. Será que vi mesmo o que vi? Eu me concentro, não consigo. Vejo-me de novo debaixo do chuveiro, ponho a cabeça para fora e não há ninguém no banheiro. Por trás do vapor, ninguém. Ontem alucinei. Não não, espere, você está delirando. Estou alucinando hoje. Ele estava ali. O boliviano estava mesmo com o pau na mão. Eu vi o que vi. Se ele não tivesse feito nada, teria se defendido, teria se exaltado, não teria deixado sua mulher me explicar o que aconteceu, não teria ficado só olhando para o prato. Por que fui abrir a boca? A esta hora eu estaria na praia. Por que fumei esse troço? É o contrário da tranquilidade. Vi o que vi, abri a boca e perdi tudo. Foi isso que aconteceu. Uma merda total. Ele entrou para pedir que eu baixasse a música, viu meu corpo do outro lado do vidro e se excitou, é simples e complicado. Ah, que tontura. Ele me viu raspar os pelos, aparar a porra do meu triângulo, ficou excitado e agora estou indo para lugar nenhum com um branco que se acha negro e cantarola a música que o rádio berra, com um sorriso bobo. Seja como for, tenho o direito de me depilar debaixo do chuveiro, não é crime. Não convidei ninguém para me olhar, banho é coisa privada. Se eu tivesse baixado a música, nada teria acontecido. Eu deveria ter baixado a música, agora estaria na praia. Caramba, dá para baixar um pouco a música?

Você é mesmo a carona mais chata do mundo, sabia? É a primeira vez que peço carona, não tenho esse hábito. Pois bem, é simples, a pessoa está te fazendo um favor, então você cala a boca e sorri, normalmente é assim que acontece. Você não grita, não se irrita, não fala bobagem e está tudo bem, é assim que funciona carona. A próxima vez você já sabe. Estou com fome, e você? Não tenho dinheiro. Ele ri. Realmente, tirei a sorte grande. Eu te convido, daqui a dois quilômetros tem um McDonald's. Um combo, pronto, você não grita, não agride ninguém, não assalta o caixa, não encontra nenhuma sósia, come seu combo e tudo certo. Eu me chamo Alexandre, na verdade, meus amigos me chamam de Alec. Eu me chamo Elizabeth, bem, e não tenho amigos, portanto eles não me chamam. Tudo bem, e também não tem sapatos? Não, não tenho sapatos. Nem amigos nem sapatos. Ele ri de novo. Eu não sabia que havia ligação entre amigos e sapatos.

No McDonald's, a televisão está ligada. Engolimos nosso Big Mac vendo o noticiário. Sinto-me descontraída, bem mesmo, finalmente estou chapada e tranquila, foi-se o estresse, foi-se a paranoia, é tudo zen, gordura e açúcar. Na televisão está passando uma história bonita. Uma história bonita que começa mal. Para uma história acabar bem, precisa começar mal, imagino. Uma moça apanha do seu homem, liga para o 911, mas o homem está perto, então ela finge que está encomendando uma pizza. O policial do 911 suspeita de que há alguma merda por trás do pedido e, em vez de dizer que não é da Pizza Hut e desligar, ele entende que é um código. Então faz umas perguntas e ela responde com peperoni, pimentão, fala de recheio. Ele acaba pedindo o endereço de entrega e manda socorro, a mulher é salva. As pizzas salvaram a vida dela, que bonito. O policial dá depoimento para o jornal, está com lágrimas nos olhos. Eu também. Não sei o que acontece, mas estou com a boca cheia e os olhos transbordando, não posso engolir, não consigo, também não consigo conter as lágrimas. Alec me vê chorar, fica constrangido. Agora você está chorando, te convido para almoçar e você chora, que jeito estranho de agradecer. Foi o SOS Pizza que te deixou assim? Não te conheço, mas você não me parece muito tranquila... Engulo o que tenho na boca e digo, quando estou em perigo e ligo para o 911 sempre me entregam uma pizza de chouriço e, quando ligo para a Domino's, me mandam policiais e acabo sendo presa. Ele engasga com a coca, tosse, ri, limpa a garganta, tem um acesso de riso, nunca vi isso na vida, ele acaba chorando. Também dou risada, choro e dou risada.

Miami Beach, baby, tem um lugar certo? Não não, aqui está bom, obrigada pela gentileza. Bom, não dá para dizer que você é uma excelente companhia, mas tudo bem, se precisar de alguma coisa, todas as manhãs treino lá nas barras, no fim do calçadão, no Lummus Park. Ok, tudo bem, ótimo. Ele arranca, até logo, Princesa. Não sou princesa porra nenhuma!

14

Não é exatamente a mesma coisa dormir na praia quando não se tem escolha, de repente é menos feérico. O pôr do sol, magnífico enquanto acontece, é acompanhado por uma escalada da angústia. Sim, é isso, o sol descia e a angústia subia. Antes, John e eu víamos satisfeitos as pessoas irem embora, vamos, sumam, agora a praia é nossa. Nós, eu, é completamente diferente. As famílias se foram, foram-se toalhas, bolsas, foi-se o barulho, já não há gritos de crianças. Depois os jovens abandonaram a praia, vi as silhuetas voltando para a cidade. Só restavam alguns avulsos com seus cães, eles também foram embora. Depois, mais nada, ou quase. A partir de certa hora, só circulam sombras. Não sou a única a dormir na praia. No início, não ouso sair do lugar, porém depois de um tempo não tenho escolha, vento demais, frio demais. É uma loucura, um lugar paradisíaco que, em algumas horas, se transforma num inferno, como a minha vida. É isso, minha vida é uma praia sobre a qual caiu a noite. Olho o relógio, são só nove horas. Todas as espreguiçadeiras estão empilhadas ao lado das barracas. Enfio-me entre duas pilhas para me proteger do vento, piso numa coisa mole, uma coisa mole que dá um berro. Pisei num homem. Um cara que fez um buraco na areia e está dormindo debaixo das espreguiçadeiras. Maior medo da minha vida. Não vejo seu rosto, só pisei numa forma que reclama. Vou me afastando e ele continua berrando. Caminho para outra pilha, escuto, tendo olhar, nada. Deito como uma idiota, com os dois braços cruzados para cobrir os ombros. Uma pobre múmia egípcia no meio de sua pirâmide de espreguiçadeiras.

Se vocês quiserem fazer o balanço de sua vida em uma noite, um conselho: durmam sozinhos numa praia. O tribunal das estrelas, o vento murmurando como um júri que condena. É surpreendente, sete horas é mais do que o suficiente para fazer um inventário, é até demais. O veredicto foi dado quando comecei a tremer. Fiasco total. Uma coisa se deduz: meu corpo, este que agora está tremendo, é um ninho de desgostos. Num pódio, em casa, na escola ou debaixo de um chuveiro, é sempre uma fonte de desgraças. Esse troço de dimensões perfeitas que me reveste deveria ter facilitado minha vida, só que a destrói. Não é nem capaz de me proteger do frio. Esta pele não me aquece, de que vale ter uma roupa tão bonita, feita sob medida, se ela não serve para nada. Dá vontade de enfiar um processo no rabo desse grande costureiro.

Voltar para a casa dos meus pais? Prefiro morrer. Para ser honesta, no meio da noite, eu teria ido. O cansaço, a areia fria, era de matar. Todos os princípios, todas as vontades levam um tapa na cara diante dos elementos. Ainda bem que eu não tinha o novo endereço deles, senão acho que teria ido até lá pelas quatro da manhã. Não moravam longe, Miami Beach, eu estava lá. Podia até ser que estivessem numa daquelas janelinhas ainda iluminadas nos grandes edifícios atrás de mim. Uma janela iluminada, um lar, uma cama, calor. Boa noite, mamãe, boa noite, papai, peço desculpas por tudo. Nunca na vida! Prefiro morrer. E, aliás, tenho a impressão de que vou morrer, calharia bem, congelada, exausta, vou morrer. Por que nem peguei um casaco para ir ao paraíso? Pequeno conselho de sobrevivência: quando forem ao paraíso, peguem um casaco e uma calça comprida, nunca se sabe o que pode acontecer. Deita-se numa espreguiçadeira, acontece um banho de chuveiro malsucedido e pronto, vai-se para debaixo da espreguiçadeira. Caí da espreguiçadeira. Não foi de muito alto, mas deu tontura.

Muitas vezes lamentamos que o nascer do sol seja muito rápido, um momento mágico que passa depressa demais. Não, na verdade não, o sol demora muito, muito, para se instalar, demora demais. Os primeiros raios alaranjados que rasgam a escuridão como espadas levam uma eternidade para vencer o duelo. Não estou falando do calor. O céu está azul mas ainda faz frio, o consolo visual não aquece nada, nem mesmo meu coração, ele está congelado. Ouço acessos de tosse. O cara em quem pisei está se levantando. Eu observo, escondida atrás das minhas espreguiçadeiras. É um negro alto coberto de areia. Fico alucinada, ele arrasta uma grande bandeira dos Estados Unidos. O homem dormiu num buraco, enrolado numa bandeira estrelada, seu cobertor. O sonho americano lhe escapa de dia, então à noite ele dorme dentro desse sonho.

Aos poucos a praia se povoa, primeiro é um velho de coque que vem fazer ioga, instala sua toalha, toma um gole de um líquido esverdeado e lá vai, a mente, os chacras e toda aquela ladainha. No começo faço pouco-caso dele, em silêncio, mas por fim aquele Buda decrépito sentado diante do mar calmo me tranquiliza. Observo-o e não penso em mais nada, faço uma espécie de meditação por procuração, em harmonia com um velho de coque que está de costas para mim. O silêncio é perturbado por um tremor no meu estômago, é uma barulheira infernal. Borborigmos. Já não sei onde aprendi essa palavra, em que livro, em que aula, de que boca. O que sei é que estou com fome. Acabou-se a paz de espírito, deu lugar à guerra da barriga, e não tenho armas para ganhá-la. Sem dinheiro, sem os pais. Lummus Park. Ele disse que estava todas as manhãs no Lummus Park. Acho que aquele rasta branco gosta de mim. Por uma vez na vida, minha beleza tem de servir para alguma coisa. E lá vou eu ao Lummus Park para um café da manhã louco com meu novo amigo.

É uma loucura como as pessoas correm ou voam de bicicleta naquele calçadão de manhãzinha. Em comparação, tenho de fato a sensação de avançar muito lentamente. Os joggers e os ciclistas parecem ter prioridade, a pista é deles. Campainhas, alertas, gritos, cuidado! Não há lugar para os lerdos, prioridade para o bem-estar. Passo em frente da mansão de Gianni Versace. John queria me convidar para jantar. Em outra vida, baby! Não é aquela refeição imaginária que vai matar minha fome; em compensação, a lembrança me inunda o coração de rancor, um gosto ácido me enche a boca. O efeito combinado da fome e da raiva excita minha bile, estou com sede, tenho a impressão de mastigar meu próprio vômito: é minha língua que está inchada.

Já sei como o rasta branco vai me receber. Então, princesa? Sentiu minha falta? Oh sim He-Man, senti uma falta terrível, pensei tanto em você que nem dormi à noite, depois eu conto, me convida para comer? Mas ele ainda não está lá. Então espero. Vejo os homens treinarem.

Transpiram tanto que fico exausta, todos aqueles movimentos, vou desmaiar. Nada do rasta, ainda. Tenho alucinações, vejo-o chegar com uma sacola cheia de comida, vai ser bom demais, milagre, cheira a açúcar, a gordura, waffles e mel, talvez. Mas ele não chega. Minha vida depende de um homem que não conheço, aquele desconhecido é meu objetivo. Um rasta branco vai salvar minha vida, que loucura, minha vida é uma farsa. Aos poucos as barras de treino se esvaziam, as montanhas de músculos desaparecem, decerto vão trabalhar. Como será a vida daquela gente? Será que usam terno? São carregadores? Trabalham em loja? Bancários? Floristas? Na verdade, o que será que eles aprontam com todos aqueles músculos? Só fica um último, bronzeado como jaqueta de couro velha. Vou perguntar se ele conhece um cara chamado Alec, hum, um rasta que é branco. Ah sim, claro, Alec, bom, se não está aqui é porque ontem achou algum homem. Ah, ele é pederasta! O rasta branco é gay, fico tão desapontada que penso em voz alta. Pode-se dizer, responde o gigante marrom, mas se você o conhece deveria saber. Eu o conheço, sim sim, mas não, não sabia. Quando ele não vem de manhã, vem à noite. Tenho vontade de gritar: E minhas bolachas, merda!, mas não tenho força. Agradeço e vou me deitar à sombra de uma árvore.

O sol vira, a sombra se desloca, acordo estorricada. Olho-me num retrovisor, estou com cara de muffin de frutas vermelhas esmagadas, meus cabelos estão começando a emaranhar, mais duas noites na praia e vou estar com dreads, a rasta vermelha. Pelo menos eu dormi. Um parquímetro mostra que dormi muito. Fico zanzando, completamente extenuada, entorpecida de fome. Não é totalmente desagradável, estou pairando. É um entorpecimento menos agressivo do que o da maconha, sem paranoia, pelo menos não penso em nada. Também não pode durar muito tempo. Vejo um rasta passar, aquele é negro. Hesito em entrar na água para acordar, mas tenho medo de perder o jantar, ou seja, meu amigo. Há uma fonte para os veranistas. Sento-me na mureta e ponho os pés na água, estão queimados e inchados, eu os massageio, estremeço. Uma criança me vê tremer, deve achar que sou louca. Sorrio, ela foge. A mendiga da fonte. A mendiga da fonte de pés? Ah, sim, ela está ali todos os dias, há dois anos. Pobre moça, não se sabe exatamente o que aconteceu com ela, acho que dorme na praia, tenho uma amiga que a viu dobrar uma toalha do Rei Leão e escondê-la no mato, ela fala sozinha mas não é má. Não, porra, vou dar aula de literatura em Harvard, sou uma escritora famosa. Eita, estou entrando em parafuso.

Chegam pares de bíceps, se penduram, sobem, descem, suam, se estiram; observo-os fixamente, boquiaberta. Algumas veias deles parecem minhocas saindo da pele. É fascinante. Ah, finalmente lá está o rasta branco! Acho que é, aperto os olhos, é ele mesmo. Iupi, um rosto amigo. Nunca fiquei tão contente em avistar alguém, deve ser visível porque, quando me planto à sua frente, ele dá um passo para trás. Uau, o que foi que te aconteceu? Preciso da sua ajuda. Oi, pelo menos. Sim sim, oi, estou na merda. Ah, sim, dá para sentir o cheiro, ele tapa o nariz, o imbecil tapa o nariz. Obrigada, engraçadinho, pode me emprestar algum para eu comer? Ah, sem rodeios, você quer dinheiro! Não é porque te dei carona que eu te adotei. Não sou rico. Vou devolver, prometo, por favor. Ok, ok, vou treinar depois vamos jantar. Aí você me conta o que aconteceu. Não não, agora, senão vou morrer. Porra, você é uma bênção, tem a arte de pedir favores. Ele olha para meus pés. Pelo menos consegue andar ou quer que eu te carregue?

O cara do *diner* não queria me deixar entrar, por causa dos meus pés, da minha cara, do meu cheiro. Alec insiste, sou uma velha amiga, estou enroscada, e tal e tal. Passei de princesa a mendiga em menos de vinte e quatro horas. Aliás, meu novo amigo parou de me chamar de Princesa. Até que dessa vez eu gostaria, teria me consolado. Recomendo o Juicy Lucy, o autêntico, burguer com cheddar por cima, por baixo e dentro do filé, regado a molho de carne, uma loucura. Perfeito, vou comer um Juicy Lucy e waffles, uma coca grande, vocês fazem milk-shakes? Sim! então um milk-shake de baunilha, obrigada. Meu indicador percorre o cardápio, já sinto a gordura, o açúcar me correr nas veias, as bolhas de gás e a baunilha na garganta. Ôôôô Ôôôô, calma, chega, quem você acha que é? Porra, nunca vi isso, a gente não se conhece, dá um tempo. Faço cara de espertinha, jogo um beijo para ele. Vou te devolver, pensei que os rastas sempre fossem tranquilos. Ele está zangado. Eu estou tranquila, estou supertranquila, mas não tenho muita grana e isso não é tranquilo. Ele faz um gesto para o garçom confirmando meu pedido. Então, o que foi que aconteceu? É uma coisa chata de viver, portanto chata de contar. Você tem a arte de conversar, mesmo! Então eu faço o quê? Vejo você comer, pago e volto para casa? Ora, é só você falar. Ah sim, bom, tudo bem… Ele resmunga. Sabe a história deste *diner*? Viu lá fora? Na verdade não, não prestei atenção. Vai ter de me ajudar, mostrar um pouco de interesse, estou pagando o jantar, preciso puxar conversa, não quer que eu coma por você? Não não, desculpe, estou te ouvindo, olho ao meu redor, exclamo ah sim, é bonito aqui, me dá vontade de saber mais. Ele ri, é bom sinal. Os pratos chegam e ele me conta a história do restaurante, entre dois ruídos de aspiração de canudo, de gelo e de deglutição. Vê se não arrota, detesto isso, já vou avisando. Não não, estou com soluço, mas tudo bem, então, este *diner*? Bom, sabe, na verdade este restaurante era um carro-restaurante na Pensilvânia, por isso ele é de alumínio, no estilo art déco, está vendo? Sim, sim, estou vendo, que loucura. Me deixe falar, sei que você não está nem aí, mas vou terminar minha história. Foi construído nos anos cinquenta no outro extremo dos Estados Unidos, acho que em New Jersey. Repito com a boca cheia, New Jersey, meneio a cabeça. Isso mesmo, New Jersey. Depois, muito mais tarde, não sei exatamente quando, foi desmontado, transportado pra cá e remontado no lugar em que você está se empanturrando. Maluquice, né? E você está fazendo barulho, espalhando migalhas por todo lado, como se nada disso tivesse acontecido, não está respeitando muito a lenda, sabe o que quero dizer. Não consigo me controlar, arroto entre as mãos. É o que eu dizia, os homens se dão ao trabalho de atravessar o país transportando este restaurante e você arrota na cara deles. Você é bom de contar histórias, realmente, apaixonante, como no rádio. Você deveria trabalhar em rádio, contar coisas aos domingos para os velhos que estão para morrer, dos bons velhos tempos e tudo, os velhos gostam disso. Aliás, o que você faz além de subir em barras e cuidar das sem-teto como eu? Faço pequenos serviços e sou artista, ou melhor, acho que sou. Ah é? Você pinta? Sim, pinturas, fotos, colagens, pego todas as más notícias dos jornais, notícias sinistras, atrozes, assassinatos, acidentes, estupros, atentados, colo-as em telas e escrevo por cima mensagens positivas ou absurdas. Ou colo fotos de lápides funerárias sobre as quais escrevo "bom dia", ou "porra não me digam que tudo isso vai acabar mal", coisas assim. Ah, é demais! Não goza da minha cara. Não não, acho isso bom de verdade, e está dando certo? Não muito por enquanto, tenho contatos em galerias, estou esperando. Estou pensando em fazer o contrário, colar notícias boas e pintar mensagens negativas, tirar uma foto de carrinho de bebê e inscrever datas como num túmulo. E, com você, o que aconteceu?

Começo a sentir que a digestão pegou a depressão pela mão. As duas me arrastam para uma zona sombria, passada a euforia da refeição, tudo desmorona. Esperei Alec o dia todo, só pensando nisso, numa refeição, um rosto conhecido, quer dizer, um rosto. Comi, ele está ali, e pronto. Meu prato está vazio, ele vai embora, e depois? O cansaço, o frio, a fome, a raiva, me mantiveram num estado de resistência, quase de combate, pelo menos de ilusões, mas agora, de barriga cheia, já não tenho nenhum objetivo, e é fatal. O que aconteceu comigo? É simples, eu estava com o homem mais bonito do mundo na praia mais bonita do mundo, íamos ser donos do universo e, antes de ontem, o pai dele me viu debaixo do chuveiro e se excitou sozinho, e agora estou na maior merda do universo. Foi isso que aconteceu. Você poderia tirar uma foto minha, sorridente, e pintar "merda do universo" na minha cara. Não é má ideia, vou pensar nisso, ele brinca. Começo a chorar. E você tem pais? Eles estão quase mortos. Ah, nunca ouvi isso, quer dizer que ainda se mexem?

Estão *quase mortos* em algum lugar? Sim sim, não moram longe daqui, eu teria de telefonar para o internato e pegar o endereço, mas prefiro morrer a voltar para a casa deles. Bom, você está em colégio interno, então tem para onde ir. Prefiro morrer a voltar para lá, nem pensar, também, em ver todas aquelas vadias comemorarem a nossa separação. He he, está falando demais em morrer, calma, sempre há uma solução. Ele diz isso e noto em seu olhar que está perturbado. Percebe que talvez seja ele a solução, mas hesita, não tem vontade de fazer uma proposta que o comprometa demais com uma sem-teto que não conhece. Olha a seu redor, respira fundo, ele vai dizer, ele vai dizer. Não é má ideia essa dos pais com a inscrição "quase mortos", estou até vendo a coisa, a foto de um casal, daquelas fotos profissionais de casamento, sabe, pois bem, nesse caso seria um casal dos anos sessenta, totalmente cafona, com um céu estrelado ao fundo, ele de bigode, ela de coque, um pouco de batom nos dentes, preciso achar isso, um cão, um cão na foto seria perfeito, e "quase mortos" em tinta fluorescente ou purpurina. Sim, "quase mortos" escrito com purpurina! Bom, vamos lá em casa, vou te mostrar meu trabalho. Ele disse! De maneira indireta, mas disse. Ok, vamos ver seu trabalho, sabe que rasta branco é cafona? Sim, já me disseram.

15

Rasta, branco, artista, corpo esculpido, gay, além disso você não tem alguma doença rara, tipo criança da lua ou ossos de vidro? Espera, não se mexe, fica assim. Ele me metralha com sua máquina fotográfica. Hum, não que eu saiba, já chega, não? Ah, sim, votei no Bush em 2000. Não é doença rara, já que ele foi eleito. Sim, entre os rastas brancos é doença rara, entre os gays também, aliás. E entre os fisiculturistas? Aí é diferente, o Big Boss é republicano, Deus votou em Bush. Ele se detém um pouco e faz uma reverência diante de um pôster de Arnold Schwarzenegger com dedicatória. Escreveu Deus no pôster, o cara é louco. Meus amigos dizem que foi por minha causa que recontaram tudo. Meu voto mudou a cara do mundo! Para um artista, é importante mudar o mundo.

Há três semanas, estou morando na casa do Alec, quer dizer, é mais o ateliê dele, um meio porão com cheiro de cola, erva, tinta e solventes. Ele ouve "Hung Up", da Madonna, o dia todo e a todo volume, fico louca, mas fora isso está tudo mais ou menos bem. Ele me forçou a me candidatar a um emprego de garçonete no *diner* art déco da Washington Avenue. Banho tomado, cabelos limpos, o dono nem me reconheceu. De dia, trabalho no 11th Street Diner Experience, onde sirvo Juicy Lucy e milk-shakes, e à noite sirvo de modelo fumando maconha e ouvindo Madonna, o tempo todo. Fumar tanta erva torna o presente diferente e o passado menos presente. Raramente sinto uma pontada de melancolia, às vezes me cutuca o espírito, mas não vai fundo. Sim, é isso, me mantém à tona, com a cabeça para fora, corpo dentro da água, consigo respirar.

Ao amanhecer, acompanho Alec até Lummus Park, vejo-o cultivar os músculos. Ele sofre, transpira, sobe, desce, faz careta e, no fim do treino, está contente, não há outra palavra, está transfigurado. O suor escorre e ele sorri. Esse troço é uma droga, não consigo ficar sem, ele repete, devo ser masoquista. Também quero experimentar, quero ser poliadicta. Vai lá, sobe na barra fixa, mostra os músculos, faz flexões! Ele chama os colegas para testemunhar, todos dão risada. É um desafio. Vou mostrar para esses musculosos. Uma flexão, duas flexões, três flexões e meia, escorrego, caio. É pesado, esse troço. Tento de novo, uma flexão, solto a barra. Estou exausta. Quanto a eles, fazem cinquenta sorrindo! Mas vou me empenhar, já que começo o trabalho de garçonete às onze horas; antes, vou fazer só isso. Musculeta, eles me chamam de Musculeta, com aquelas risadas escabrosas. Vai, Musculeta, mais noventa e quatro e pronto!

O corpo é uma máquina danada: alimentado pela vontade, torna-se perigoso. Logo fiz trinta flexões na barra com o pé nas costas. Aos poucos meus braços e meus ombros se transformaram, minha barriga também, só que mais devagar, nela há mais nervos e músculos. Um dia, fumando maconha deitados na cama de Alec, falávamos de seus projetos artísticos, lembro muito bem, no rádio estava tocando “Hollaback Girl”, de Gwen Stefani. Olhávamos para o teto como se ele fosse nos inundar de inspiração, se abater sobre nós com uma revelação. E deu certo, a luz divina se abateu sobre os dreads de Alec, o raio caiu sobre seus canudos capilares. Ele se ergueu como um possesso. Não era a primeira vez que se levantava assim, tinha ideias todas as noites, só que ali ele saltitava, era uma ideia nova, era A Ideia. Vou fotografar sua transformação todos os dias, o que você acha? Agora você faz trinta flexões, mas amanhã vai fazer cinquenta, depois de amanhã cem, não é? Sim sim, espero mesmo deixar vocês no chinelo, bando de maricas proteinados. Pois bem, é isso aí, a partir de hoje vou te fotografar, vou procurar uma roupa, um pano de fundo, uma ambientação e vou te fotografar todos os dias na mesma pose, com o mesmo sorriso. É por aí! Concorda? Ele não me deixa responder, está eufórico. Temos de achar um nome para isso, um nome que pegue. *Flórida,* o que acha? Não, não serve, outra coisa, vamos encontrar. Apoiei-me nos cotovelos e o vi elucubrar, comemorar, ele dançava, achava-se Leonardo da Vinci, erguia os braços para o céu, era sua epifania. Eu ri, pensei por que não, é uma ideia interessante. Toca aqui, Rasta branco. Toca aqui, Musculeta.

É simples assim, bobo assim, uma ideia de teto com maconha pode mudar nossa vida. Depois de alguns dias de pesquisa, de busca em brechós, encontramos um pôster imenso, magnificamente cafona. Cor de laranja, roxo, palmeiras, Porsche vermelho, mar prateado, é meu pano de fundo, meu cenário, sou a única figurante daquele pôster gigante, aquele pôster é minha casa, minha morada, aquele mundo ideal e saturado me pertence, também pertenço a ele. *Donos do universo*, é assim que vamos chamar. Vou me incorporar ao pôster, ele me pertence, pertenço a ele também, somos apenas um, compartilhamos o universo a dois. Donos do universo. Quanto à roupa, era evidente, fio dental e parte de cima de paetê, com as cores da bandeira estrelada. Não havia o que escolher, não poderia ser outra coisa, e, a propósito, não há nada mais fácil de achar em Miami.

Alec fica contrariado por ter de tirar o pôster de Deus, estava colocado de frente para o espelho, na parede oposta. Ele podia levantar halteres com Arnold Schwarzenegger às costas, podia assumir a mesma pose, calcar-se em Deus, era superbem calculado, o homem é maluco, é um artista, imagino. Está contrariado, mas a arte passa na frente de tudo, foi o que ele disse com ar sério, retirando religiosamente a sagrada fotografia. Preciso emoldurá-la, quando tiver grana vou emoldurá-la, mas por enquanto vou protegê-la com plástico-bolha e colocá-la em cima do armário. Ele esconde um tesouro. Às vezes você é ridículo, sabia? Ele me perfura com o olhar. Peço desculpas. Alec gosta que eu zombe dele, mas só até certo ponto.

É um cara que parece nunca ter problemas e, se tem, com frequência está chapado demais para notá-los. Será que ele é durão? Cego? Inconsciente? Não sei de nada. Era capaz de dizer quilômetros de lugares-comuns sem passar por imbecil, a coisa até se transformava em filosofia. Ele era calmo, e isso fazia toda a diferença. Eu nunca suportaria suas frases feitas na boca de outra pessoa, reviraria os olhos, respiraria fundo, zombaria, mas no caso eu dizia sim sim, é isso, você tem razão, é verdade. Na realidade, olhando em retrospecto, acho que eu ficava tão chapada quanto ele.

O filósofo de poncho disse: "O mundo se divide em duas categorias, os que têm um revólver carregado e os que cavam". Alec tinha um cachimbo d'água em forma de arma. Seu filósofo preferido era Clint Eastwood. Colávamos a boca no cano, aspirávamos como demônios e soltávamos uma fumaça de dragão com aquele troço. Eu nunca teria imaginado que meus pulmões pudessem absorver tudo aquilo. Era o suicídio dos pulmões e da razão. Um pequeno suicídio aqui, um pequeno suicídio ali. Passávamos os dias nos suicidando. O quarto dele parecia um *saloon* de faroeste, aos poucos a fumaça descia e vinha nos coroar. Ouvir falar em droga leve me fazia gargalhar. Ei, você aí, vem ver como é entrar pelo cano, enfia o cano na boca, vê se é droga leve. Aquele troço nos levava literalmente para o além. Pam pam, era a mesma coisa, a gente se afundava devagarinho na cama até se enterrar. Nosso projeto tomava forma no meio da fumaça e da agonia. Brilhante, aquele troço. Carrasco e vítimas. Nossa arma estava carregada e nós cavávamos ao mesmo tempo.

Ao fim de três meses, subverti meu corpo. Alec é meu *coach*, eu sou sua musa. O negócio, no início, é adquirir massa, é preciso se mexer, comer, se mexer, comer. Duas vezes por semana vamos a uma churrascaria na 1st Avenue, em Miami. Steak Brasil, toalhas brancas, garçons sorridentes e nove tipos de carnes no espeto à vontade, por 35 dólares. Boi, cordeiro, porco, frango. Uma orgia de proteínas. De dois em dois minutos um garçom nos ameaça com seu espeto e um sorriso. Há um bufê de saladas e verduras, mas não tocamos nele; é trabalho, não é diversão. Cada centímetro quadrado do nosso estômago é dedicado à absorção de proteínas. Antes, para abrir o apetite, enfiamos o cano na boca. Tetrahidrocanabinol a plenos pulmões, para conseguirmos explodir a barriga. Alec é especialista no assunto. Explica que a cannabis permite que o organismo libere hormônios ligados à fome. Tetrahidrocanabinol, grelina, leptina, orexina, proteínas, ele recita, com olhos tão sérios quanto vermelhos, fórmula mágica! É um jogo entre nós, um concurso. Quem engole mais carne. No começo perdi feio, meu adversário tem 1,82 metro para quase 100 quilos – 99 quilos, ele esclarece, vaidoso. Mas tenho espírito competitivo, consigo ganhar. Ao sair do restaurante, tenho a impressão de que um gêiser de suco de carne me inunda o palato, um sabor de fogueira, de ácido e de sangue, minha boca está tomada, os dentes. Duas horas de caminhada ida e volta. Mas nem isso é suficiente para digerir. Deito com a sensação de que sou uma rotisseria, estou com a cabeça girando, o estômago girando, estou num espeto, assando, o cheiro de assado não desgruda de mim, me transformo no que comi. Na hora do almoço, no trabalho, peço ao cozinheiro que me faça quatro bifes, que engulo sem mais nada. Em três meses me torno viciada em exercícios, erva e carne. Endorfinas, tetrahidrocanabinol, grelina, leptina, orexina, proteínas!

E funciona. Quanto mais o tempo passa, mais cedo me levanto para ir ao Lummus Park, até vou correndo. Como preciso estar no trabalho às onze horas, começo os exercícios à luz da iluminação pública, para terminá-los sob o calor do sol. Em seguida volto a passos largos para tomar um banho, dar uma fumada, me vestir e vou a passos curtos servir bacon, ovos, salsichas e bifes para meus clientes. Cheiro a suor. Sirvo gordura, vendo gordura, respiro gordura, como gordura, cobro o preço da gordura, cheiro a gordura e ganho musculatura. As gorduras assam ao meu redor, os ovos estalam no óleo, o bacon se retorce, os bifes tostam na chapa, borbulha, fumega, carboniza, uma camada de cheddar derrete, ressuma, são 18 dólares, obrigada. Minha gordura assa, se evapora em suor, flexões, esforço. Faço esporte, mas ultrapassei a fase do bem-estar, já não sei exatamente onde me situar.

Alec acumula dois empregos. Recolhe os animais mortos na beira das estradas e distribui as refeições numa casa de repouso. Pergunto se ele faz isso porque se droga ou se droga porque faz isso. Ele ri, diz que não sabe. Em contrapartida, sabe que lida com animais mortos e dá de comer a seres humanos que logo estarão mortos. E isso o inspira. É um obcecado por fotografia. Tudo ele fotografa, o céu, suas refeições, seus tênis, os prédios, as ruas, os carros, é doentio. Não posso começar a comer antes que ele fotografe meu prato, não posso atravessar uma avenida sem que ele me peça para posar, obriga os passantes a esperar, é como um semáforo, as pessoas aguardam tranquilas atrás da linha imaginária da imaginação dele. Uma perspectiva de palmeira, praia, mar? Ele sobe num banco. Um passarinho ciscando numa mesa de bar? Ele apoia um joelho no chão. Tudo ele põe em cena, ele se põe em cena, imagino que seja um artista. Digo-lhe que se todo mundo fizesse o mesmo o cotidiano seria inviável. Ele não se importa, quando digo isso tira uma foto de mim. Enquanto isso, arranjou uma nova série para oferecer às galerias. Fotografa os guaxinins esmagados, as tartarugas espatifadas, os gatos destroçados, os cães ressecados e os velhos comendo, babando, cuspindo, suas refeições antes, as bandejas depois. Quer encontrar um vínculo entre os dois e, quando o fizer, será um trabalho revolucionário. Só isso.

Uma pequena galeria em Wynwood mostrou interesse por nosso trabalho sobre os *Donos do universo.* O próprio galerista é um conceito artístico. É muito delicado, barbudo e se veste como uma velha senhora digna, blusa de gola, colar de pérolas, óculos borboleta presos numa correntinha. Chama-se Agatha Christik, explica-nos por que sem termos perguntado nada: Agatha Christik porque o mistério da fé, o mistério da arte, porque a busca, porque as pesquisas, a arte e tudo o mais. Agatha Christik porque é assim, e não estamos nem aí, desde que ele aceite nosso trabalho. Pergunto se se veste da mesma maneira em casa. Eu o ofendi, não se dá ao trabalho de me responder, está zangado. Alec me fuzila com o olhar. O trabalho de vocês é bom, ele diz muito sério, é interessante, mas não se estende o suficiente. Não há exatamente um choque entre a primeira foto, tirada três meses antes, e a última, tirada na véspera. Dá para notar, sim, mas não o suficiente. Dá para ver a coisa, sim, o cenário é excelente, não há o que dizer, impossível encontrar melhor, mas a modelo precisa devorar mais o espaço. Nas primeiras fotos não se vê o objeto. Ele repete: é preciso que na última só ele seja visto. O objeto agradece. Obrigada, Agatha Christik, o objeto vai tomar o espaço. Vou devorá-lo, até. Vou devorar o espaço, nem que para isso eu tenha de devorar uma boiada. Mesmo assim é bonito demais, é estético demais como trajetória artística, é agradável de olhar, sou capaz de tomar o café da manhã diante da sua série, e isso não é frequente. Eu o imagino passando manteiga nas torradas para mergulhá-las no chá. Imagino-o degustando seu pão com geleia olhando meu fio dental estrelado e dou risada. Ele me olha, proibido sorrir.

Ao sair, Alec está desapontado, para ele está tudo perdido, não dá para continuarmos. Sim sim, podemos melhorar, garanto. Ele recusa, eu insisto. Você quer mesmo? Sim sim, eu posso melhorar, posso fazer mais, vamos deslumbrar a senhorinha. Ele olha meus braços, toca no meu ombro, gagueja, já é muito, mais que isso é arriscado… Ele não termina a frase.

16

Dois meses depois Agatha Christik se rejubila, está radiante. Alec encontrou uma maneira de vincular os aposentados e os animais destroçados. Foi demitido dos dois empregos por causa disso. Simplesmente depôs os cadáveres nas bandejas dos velhos, com a concordância deles. Estavam encantados em participar da performance; a diretoria do asilo, um pouco menos. Alec tinha pensado muito. Para ele, era preciso criar um vínculo entre o já morto e o quase morto. Queria chamar aquilo de *Traço de união.* Tinha feito toda uma reflexão sobre o olhar dos velhos para a morte e me assediado dias inteiros com sua ideia. A foto mais marcante era a de uma velha senhora de sorriso crenado brandindo um martelo por cima de uma carapaça rachada de tartaruga. Ele tinha apanhado a tartaruga naquela manhã, as carnes ainda estavam frescas, era um belo cadáver de cores vivas, o cor-de-rosa e o vermelho lembravam sutilmente as cores pálidas da boca aberta da velha senhora, o verde da carapaça lembrava o de sua blusa e de seus olhos desbotados. Alec tirara o cateter do braço dela para colocá-lo no pescoço do cadáver da tartaruga que repousava numa cama de alface. Havia talheres, uma taça de vinho tinto e, no colo da musa, um guardanapo. A foto era alegre, a velha estava se divertindo e, no entanto, as cores saturadas sugeriam uma tristeza infinita.

Segundo Agatha Christik, trata-se de uma crítica evidente à *junk food.* Naquelas fotos ele não vê a morte, mas a alegria que os seres humanos sentem em comer merda temperada com remédio. Quer chamar a série de *Madame está servida.* Alec nem tem tempo de desenvolver sua argumentação artística e Agatha Christik já vislumbra uma vernissagem sobre o tema da alimentação. Fala de maneira definitiva; com gestos secos, designa a futura localização dos clichês nas paredes. Alec vai ser exposto; imediatamente ele esquece as argumentações sobre a morte. São 2 mil dólares por foto, fico com 60%, você fica com o resto. Apertam-se as mãos, e lamento não ser fotógrafa. Um rasta branco apertando a mão peluda de Agatha Christik, um branco que se considera negro e um jovem que se considera uma velha senhora, isso pode valer dólares, imagino.

O galerista me examina como a uma escultura, está olhando um móvel, não enxergo, não ouço, não vivo, sou um objeto. Dirige-se a Alec dizendo que sua série sobre os Donos do universo está no caminho certo. Estou de regata e começo a contrair os músculos, a assumir poses de profissional, o galerista anda à minha volta, acaricia a barba, baixa seus óculos borboleta, faz humm hummm, é impressionante.

Impressionante, você me surpreende. Passei à velocidade superior, já não faço apenas flexões de barra, de chão e abdominais, já não treino só na praia, também vou a uma academia aberta vinte e quatro horas. Quatro vezes por semana, levanto às quatro da manhã, enfio meus tênis e corro até a academia. Imaginem que tem gente em Miami que trabalha os músculos à noite. Às quatro e meia da manhã não sou a única perdida a queimar suas gorduras, com frequência somos três ou quatro zumbis transpirando, contorcendo o rosto, ofegando como feras. Não nos falamos, nos cumprimentamos com um gesto da cabeça, sorrimos, cada um está lá para cuidar de si, não dos outros. Do mesmo modo que de dia, na praia, nos falamos, brincamos, nos aconselhamos, nos comparamos, à noite a manutenção do corpo torna-se egoísta. Fones nos ouvidos, no olhar, uma determinação que beira a fúria, boca contraída de dor e, dentro dela, dentes cerrados.

O cenário é igual ao dos castelos fajutos, piso de azulejos brancos, paredes amarelas, luzes baças, espelhos por todo lado, afinal não evoluí muito. Entre o castelo fajuto e o castelo forte, a única diferença são aqueles aparelhos ameaçadores, com alças pegajosas, assentos úmidos e cabos de aço em cuja extremidade medimos nossa força, nossa importância.

Não vou chatear vocês com vocabulário técnico, mas alguns aparelhos têm nomes poéticos, outros têm nomes decididamente maléficos e parecem destinados às torturas medievais nas prisões das torres. É o caso da leg press, da polia alta, da cadeira romana, da gaiola guiada, da barra de levantamento terra romeno e do meu preferido, o cinto de adição de peso, com couro e correntes. Quando o envergo, tenho a impressão de ser uma dominadora num clube sadomasoquista. E sou, um pouco: domino meu corpo, faço-o sofrer, maltrato-o, me fustigo e faço tudo isso me olhando em espelhos gigantescos. Sádica com meu corpo, masoquista com meu espírito, ou vice-versa, e tudo isso por mim, preciso dizer mais? Vejo-me machucar a mim mesma, admiro a mim mesma, gozo no sofrimento, venero meus músculos e meu rosto crispado, fico em transe. A musculação é um esporte peculiar em que o desempenho não se mede com cronômetro, com fita métrica, por número de gols ou de cestas, de *backhand* ou cortadas, o desempenho é medido em nossos olhos e nos olhos dos outros, num espelho e numa balança. Nunca me olhei tanto na vida, me peso ao longo do dia todo. É doentio. Na rua, cada vitrine é ensejo para admirar discretamente minha transformação. No trabalho, quando vou ao banheiro, lavo as mãos contraindo os músculos, olho para mim lavando as mãos e reteso os bíceps, os tríceps, os extensores. Ao voltar para casa, fico nua e me peso, passo os dias calculando minhas variações de peso, anoto num caderno que fica na pia do banheiro, sou a cientista do meu corpo. Faço levantamento de peso e do meu peso. Seiscentos gramas injustificados e meu reflexo no espelho muda completamente, a balança determina a imagem que meus olhos enxergam. Eu vejo não o que vejo, mas o que peso. Minha imagem se resume a números azuis luminosos entre os dedos dos meus pés, e os números nunca são bons, nunca é suficiente, é sempre demais, é a história da engrenagem. Essa insatisfação permanente cria o ímpeto necessário para continuar, mas logo tenho a impressão de já não estar progredindo. Sofro, gozo, me inflamo, mas estaciono. Em treze meses, ganhei cinco quilos de músculos. Nas duzentas e quarenta fotos que Alec tirou de mim, a evolução é flagrante. Comecei por engordar, depois a secar e, aos poucos, dava para ver meus músculos se desenharem, meu corpo se esculpir; porém, ao fim do décimo mês minha imagem passou a estagnar.

É nossa primeira briga. Alec está absorvido por sua vernissagem, vai expor, já não se define como artista fracassado e isso se percebe no comportamento dele. Não posso condená-lo, mas está se tornando meio pretensioso. É a segunda vez que vamos à Art Basel Miami Beach. Na primeira vez, estávamos tão chapados que passamos o tempo todo rindo e zombando do ridículo de algumas obras e também dos artistas que falavam delas, exibindo-se diante de uma gaiola com um papagaio ou de caixotes cobertos de galhos cortados. Agora Alec é um deles, compreende-os, entende as mensagens, já não se perturba, tem interesse; continua chapado, só que o ridículo se tornou sublime e ele me exaspera. É como se a iminência de sua exposição lhe tivesse dado o manual de instruções de todas as obras de arte contemporânea. No ano anterior tínhamos chorado de rir diante de uma obra que se resumia a uma bacia de mijo. O artista dizia dar continuidade a Duchamp e seu mictório. Posava ao lado de uma bacia transparente cheia de urina e, franzindo as sobrancelhas, explicava compungido que era descendente direto de um artista que fizera uma obra com uma latrina, isso era mágico, não havia outra palavra. Ele nos tinha pedido para nos afastarmos do seu estande para darmos lugar a outras pessoas mais sérias. Desta vez é diferente, só eu dou risada. Alec quer que eu tire uma foto dele com todos os seus colegas, está orgulhoso e chato de morrer, e tive a infelicidade de lhe dizer isso. Quem você acha que é, Princesa? Faz um ano que estou te alojando, te arranjei emprego, te ajudo nos treinos e está querendo me explicar a vida! Pobre coitada, quem é você? Nada. Sem mim você não é nada. Não é nem capaz de se inflar pelo nosso trabalho. Aliás, não estou mais acreditando nesse projeto, vamos parar.

Ele tem razão. Voltando sozinha para casa, tomo consciência de que há quase um ano estou vivendo às custas dele. Sou apenas o objeto do trabalho dele, um manequim que faz pose na frente de um pôster. Faço companhia para ele, não tenho existência própria, não tenho vida social, deixei de ter vida sexual. Sirvo carne, como carne, sirvo milk-shake de morango e tomo milk-shake de proteína, fumo erva, corro na esteira, levanto peso, controlo meu peso, me olho no espelho, tudo isso em atenção a meu patrão. Sem as fotos dele deixo de existir, deixo de ter função. Vocês podem achar surpreendente, mas em dez meses eu nunca tinha pensado nisso, aceitava minha missão passivamente. Com certo prazer, tinha me deixado conduzir. Mecanicamente, tiro a roupa, me peso, olho no espelho: estou musculosa a ponto de ter apagado uma parte da minha feminilidade, mas não o suficiente para me tornar uma obra de arte. Demais e não suficiente, sensação de frustração. Será que ainda tenho escolha? Parar ou continuar?

O cano do cachimbo d'água me sai da boca, meus pulmões estão lotados de fumaça, sinto-os prestes a explodir. Seguro a respiração, sei que ao soltá-la a fumaça vai me nublar o cérebro. Seguro, seguro, saboreio, solto minha nuvem de haxixe, vejo meu flash aparecer na fumaça que se dissipa, afundo no sofá, vejo a fumaça desaparecer. Um ano para isso. Afinal, não valho mais do que o cara que mija na bacia dele, só que ele expõe. Sua bacia é vista, seu mijo é comentado, é até explicado, tem um significado, tem valor. É pior do que eu pensava: valho menos do que o mijo daquele artista.

Alec chega, está radiante, integrou-se à seita, é um deles, está transfigurado. Comento que ele se inflamou um pouco. Ele admite, pede desculpas. Quer continuar nosso trabalho, acredita nele. Aceito as desculpas e aceito continuar posando. Tudo volta à ordem.

17

Os anabolizantes são como cílios postiços. Quando comecei a musculação, Alec me mostrava os caras sob efeito de esteroides e eu dizia não, eu nunca. Depois disso, um dia usei cílios postiços. E depois, um dia comecei as injeções. Os anabolizantes servem para melhorar o rendimento de produção do gado e a qualidade da carne. O bezerro cresce mais depressa, seus músculos se desenvolvem mais rapidamente, ele consegue pular mais depressa no meu prato. Já como anabolizantes, agora vou injetá-los diretamente, boca, nádegas, qual é a diferença? A vida é uma farsa, preciso acreditar que gosto de ser seu sujeito. Resolvi existir por mim mesma.

Sou ambiciosa, ainda que acabe com minha saúde para chegar ao ápice. A destruição pela elevação, isso se chama levar o corpo a seus últimos redutos. Agora é o espelho que reflete em meu lugar, e ele me sussurra que vou conseguir. Não vou me contentar em me tornar Dona do universo com aquele pôster estúpido. Fui projeto da Rainha-mãe, continuo sendo objeto de Alec, mas decidi agir por conta própria: a partir de agora sou meu próprio sujeito, projeto só meu. Vou ganhar o Concurso, de verdade.

Sou uma pessoa valente, minhas injeções estão fazendo milagre, já não estou estagnada, estou decolando, levantando voo. Esse produto é milagroso. Está me oferecendo um progresso acelerado. A série de fotos tiradas no mês seguinte à minha primeira injeção é um resumo fulgurante do ano passado. Litros de suor durante meses foram menos eficazes do que esses poucos mililitros. Escolhi tomar injeções. Com a carne que engulo e a erva que fumo, já tenho problemas de digestão, e os comprimidos poderiam agravá-los, ao passo que aplicar injeção entre a parte baixa do quadril e o alto da bunda é acrobático, mas preserva meu sistema gástrico. Tenho uma caixinha mágica para minhas nádegas, antisséptico, gel desinfetante, seringas, agulhas, ampolas, compressas, é importante se drogar com toda a segurança, se destruir de maneira sadia.

Como não poderia deixar de ser, vejo que meu corpo está mudando. Como não poderia deixar de ser, vejo sua evolução, as fotos estão ali para comprovar, porém há algo irreal nessa metamorfose. Eu a desejo, espero, observo, trabalho por ela, mas às vezes é difícil acreditar. Tenho dificuldade em reconhecer Elizabeth Vernn no espelho. E não sou a única, o acaso vai me mostrar.

O supermercado ao lado da casa de Alec é um modelo do que se pode encontrar de pior como disposição, iluminação e alimentação. Um imenso labirinto, comida do chão ao teto sob uma luz viva e direta, os preços mais baixos do bairro. Como se chama uma travessa de cinco quilos de peito de frango? Travessão? O frango é rosado, com reflexos cor de petróleo, e vem mergulhado num molho viscoso e leitoso. O frango é excelente para o que faço, engulo setecentos gramas por dia. Junte-se a isso uma dose diária de dez claras de ovo, devo ingerir um galinheiro por mês. Sim, é isso, como o peito dos pais e devoro a clara dos filhos. Fiz as contas, extermino duzentos bichinhos por ano, um genocídio de galináceos. O acompanhamento é de brócolis cor de caramelo, fluorescente. É preciso sofrer para ser bonita. Comer deixou de ser um prazer há muito tempo, é uma missão, um dever. Na virada de um corredor, uma mulher esbarra no meu ombro, meu travessão cai, eu me agacho para pegá-lo e ouço uma voz pastosa, fraca, pedindo desculpas. Continuo agachada, não acredito. Continuo agachada para continuar escondida. Continuo agachada porque minhas pernas perderam a força. Essa não, está pedindo desculpas por quê? Achamos que somos fortes, que esquecemos, achamos que é passado, só que não, uma voz, uma voz fraca traz tudo de volta, nos faz estremecer, nos resseca a boca. Está pedindo desculpas por quê? O supermercado se transforma num videogame. Vou avançando rente às gôndolas, me inclino para ver meu alvo, respiro fundo e passo para o corredor em frente, dou minha vida para não ser identificada pela inimiga. Sou uma minimiss brincando de esconde-esconde com a mãe num supermercado. Estou brincando, mas não me divertindo. Tenho doze anos de idade mental, a voz da Rainha-mãe é um elixir de rejuvenescimento e de sofrimento. Eu não sabia que tinha medo de fantasma. Achava que a tinha esquecido, achava que a detestava, na verdade não sei o que achava, e agora estou com medo dela, sua silhueta frágil me imobiliza, seu andar lento me angustia. É fácil ser forte nas lembranças. Vocês podem comprovar, eu me esforço para ser forte no que escrevo. Faço o que quero, quem está contando sou eu. Só que neste caso não posso embelezar, seria mentir.

Na ponta dos pés, passo a cabeça entre as garrafas de água. Um sujeito me olha de um jeito estranho. A Rainha-mãe está no setor de bebidas alcoólicas. Eu a vejo de costas, parece mais magra, seus cabelos já não são loiros, são amarelo-acinzentados, por onde anda seu cabeleireiro, o caro Warren? Ela flutua um pouco dentro de sua roupa. O Valete não mudou de cerveja, Budweiser, doze garrafas, mais uma de Jim Beam, a bebida dos campeões. A Rainha-mãe, o Valete, olha só, lá estão eles, como dizemos das pessoas que na verdade não temos vontade de encontrar. Eles tocam à porta da minha memória, barulho estridente, apertam a campainha como loucos. Merda, a porta se abre sozinha.

O que eles fizeram para merecer uma reação como aquela? Foram fracos e infames, é o caso de muitos pais, de muita gente. Coitadinha, ela passou os sábados desfilando, se paramentando, mostrando a carinha e falando banalidades. Será que ela pensa em todas as crianças que não vão à escola, que não conseguem matar a fome? É verdade, aliás, falei deles todos os sábados durante cinco anos, nos meus belos discursos. Porém, se há uma teoria que me aborrece, é a do podia ser pior. Você está infeliz? Pense nas crianças da Nigéria, menina privilegiada. Sim sim, é verdade, mas isso não resolve. Ninguém consola um cara gripado falando dos cancerosos, na pior das hipóteses isso merece uma gargalhada, na melhor, um tapa na cara. É um discurso insuportável. A teoria do podia ser pior é a negação do bom senso e da ambição. Se me comparo o tempo todo às crianças nigerianas, aceito minha condição pelo resto da vida e não abro mais a boca. Fico olhando para o chão, esperando a vida passar, acabar comigo.

Enquanto me esgueiro para o caixa, lembro-me de um aniversário. Não o dos meus sete anos, isso já fiz, ele nos trouxe até aqui, vocês e eu. Meus pais não foram apenas fracos e infames, foram perigosos. É dia do aniversário dela. A Rainha-mãe tem quarenta anos, um balanço fantástico, um marido alcoólico, uma filha de catorze anos bulímica e uma bolsinha farmacêutica lotada de pílulas mágicas. Seus gestos são lentos, sua voz é pastosa, só seu maxilar é dinâmico, dá a impressão de estar mastigando um sanduíche imaginário.

Em todos os seus aniversários, ela repetia que, se não conseguisse apagar todas as velinhas de uma vez, morreria naquele ano. Não é uma ideia idiota, quer dizer, não é mais idiota do que outras obsessões. Toda vez é a mesma loucura, a mesma angústia quando ela enche os pulmões para cuspir no bolo. Pois é disso que se trata nos aniversários, de comer os perdigotos e os miasmas de quem está dando mais um passo na direção da morte. É uma festa e, para celebrá-la, é preciso haver velas como num velório fúnebre. O aniversário é o ensaio anual da festa final, e todo mundo participa comendo cobertura de bolo contaminada. No ano anterior, uma vela tinha se mostrado obstinada. Com terror em seus olhos de condenada, minha mãe se deixara cair na cadeira, com a mão no peito, quase a ponto de nos dizer adeus. Aquela vela insolente que tremeluzia alegre era uma arma apontada para sua têmpora. O Valete e eu acreditávamos na teoria dela, então a vimos como se de fato fosse morrer. Porém nada aconteceu, ela começou a se mexer, a falar, levantou-se, estava viva. Foi se deitar e, duas horas depois, milagre, acordou. Passou os trezentos e sessenta e quatro dias seguintes consultando o calendário, contando o tempo de vida que lhe restava. Na realidade não, ela ficava ali olhando para o ar, fumando seus Lucky Strike, que bem merecem o nome. "Golpe de sorte" é a marca de cigarros mais esdrúxula do mundo, com certeza! Não se pode dizer que naquele dia eu tenha me beneficiado de um golpe de sorte. Voltemos às velas. Meu pai tinha pedido que eu fosse comprá-las, geralmente era missão dele, porém o Valete tinha outra coisa para fazer, uma coisa de interesse mundial. Ele é daquelas pessoas que sempre fazem coisas muito importantes que ninguém nota, a não ser elas. Então ele me deu um dinheiro e a missão de comprar velas. Vou ao armazém, compro velas, espirais e rosa-claro. Simples como dar bom-dia.

Tal como nos enterros, os dias de aniversário apagam os defeitos das pessoas e aumentam suas qualidades, essa é a regra. Digo você está bonita, mamãe. Minha querida, hoje você está resplandecente, o Valete declara servindo-se de um uísque triplo. É um dia bonito, decide a Rainha-mãe. Seu maxilar dança, é uma festa. O Valete se agarra a um terceiro Beam triplo, está tão cheio de álcool que me pergunto se ele não vai se acender como uma tocha ao se aproximar do churrasco. Ele deixa queimar os três filés, está cheio de si, estão incomíveis. Minha mãe parece um jacaré engolindo a última parte de um pelicano, o filé entala nos nossos dentes, todo mundo finge estar feliz, um banquete. O bolo, até que enfim.

Há um vídeo dessa cena familiar, primeiro as imagens, depois o som. Meu pai está em pé com sua câmera scope Panasonic, meio cambaleante, ei, é festa ou não é? Minha mãe se levanta, cerimoniosa, apoia-se na mesa, concentrada, inspira fundo, aproxima o tronco do objetivo e sopra com toda a força sobre o bolo. Há uma coisa em jogo, sua vida. Vejo todas as velas capitularem, é um tornado que se abate sobre as quarenta chamas, um pedaço de filé se agarra a uma delas. Ela acaba de ganhar um ano de esperança de vida. O reinado continua, glória! Não é pouca coisa, mesmo para uma vida de merda. O Valete oscila e dá os parabéns, eu a felicito, a Rainha-mãe se endireita e contempla sua obra. Quarenta anos, mais um! Disponho-me a tirar as velas, começando por aquela com o fiapo de carne, quando de repente ela volta a se acender. Naquele instante minha mãe olha para a câmera com um sorriso de vencedor. É feitiçaria, na mesma hora todas as velas voltam a se acender, insolentes, gloriosas, inconscientes, perigosas.

A partir daquele momento, deixo o vídeo falar. A merda é tanta que meu espírito não gravou tudo. Aconteceu tudo muito depressa, depressa demais para minha memória. Depois de vê-la durante semanas inteiras, joguei a fita cassete no lixo, as imagens do vídeo estavam transformando minha cabeça em aterro sanitário. *Clac!*, cena da realeza, tomada número um: a Rainha-mãe, o Valete e a Princesa. Silêncio, gravando!

Bom, foi muito chato, eu tinha me enganado, tinha comprado velas mágicas sem querer. Em todos os lares, essa mágica diverte todo mundo, o brincalhão, a vítima e o público. É o que acontece, meu pai acha graça, morre de rir, seus ombros tremem, e a câmera com eles. Nas imagens dá para ver meu rosto rechonchudo de adolescente, não estou sorrindo, tenho os olhos fixos na minha mãe, que está apavorada. Ela não vai morrer durante o ano, já está morta há quarenta anos, as velas comemoram, ela nunca nasceu, é um fantasma ou uma baita miraculada. O Valete caiu num acesso de riso delirante. Rhooooo, rhooooo, ele perde o fôlego. Minha mãe vai até ele e, com um tapa, faz a câmera sair voando. Ela não quer provas de seu ridículo, de seu suicídio ou de sua execução, não sei bem. Pouco importa, seguindo seu raciocínio, é normal: naquele dia, as velas declararam que minha mãe era um fantasma que nunca tinha nascido. Por mim, teria sido melhor. Ela berra, vocês são uns imprestáveis, estão ouvindo, imprestáveis! Sim, nós somos imprestáveis.

Minha mãe se levantou e foi para o quarto, sem olhar para mim, imprestáveis! O Valete me acertou uma bela bofetada, com toda a força, depois saiu batendo a porta. Ouvi o carro arrancar guinchando os pneus. Ele foi embora dirigindo completamente bêbado, é coerente com o personagem, nunca suficientemente infame, sempre consegue ser mais. Peguei a câmera e filmei minha cara. Uma obra de arte. Uma bela tatuagem tribal. No vídeo não digo uma palavra. Eu me filmo por longos segundos, sem chorar, não me ouço nem respirar, a imagem não treme, meus olhos estão vazios, eu não existo.

No meio da noite, a porta do meu quarto se abre. Ouço seus passos leves no tapete. O Valete senta na cama, no início não ousa me tocar, sinto suas patas grandes me roçarem. Ele está chorando. Respira alto, chora em silêncio. Depois desaba por cima de mim, me estreita com toda a força, sinto suas lágrimas escorrerem no meu pescoço, ele funga, se sufoca. Sufoca de tristeza. Cobre-me de ranho e de lágrimas. Continua chorando, você não existe, você não existe mais. Você está morto, papai, e fantasmas não choram.

Minha mãe está muito viva, as velas não a mataram. Estou atrás dela na fila do caixa, posso tocar nela. Hesito. Não quero falar com ela, mas quero que me veja, que veja sua Princesa, que veja sua imprestável. Então minha mão se aproxima de seu ombro mas não o toca. Está pedindo desculpas por quê? Ajeita suas compras na sacola, 92 dólares, pega seu cartão, paga, vai embora, vou deixá-la ir embora sem dizer nada. Estou aliviada e desesperada. O que quer que eu faça, vou me arrepender. Está pedindo desculpas por quê? Está dito. Não é um grito, no entanto tenho a impressão de que minha voz cobre todo o barulho. A moça do caixa se assusta. A Rainha-mãe se vira, boquiaberta, olhos arregalados. Reconheceu minha voz, franze os olhos. Não me reconhece. Não quer me reconhecer. Está pedindo desculpas por quê? A moça do caixa pede que eu me acalme. Repito. Está pedindo desculpas por quê? Ela balança a cabeça, Parkinson passageiro. Inflo os músculos, viu só sua Princesa? Vou subir no pódio, no primeiro degrau, está ouvindo, primeiro degrau! Ela me olha como se eu fosse um monstro. Espelho. Um vigia se aproxima, coloca-se diante de mim, pede que me acalme, seu corpo separa nossos olhares. Ela está pedindo desculpas por quê?

Pedi desculpas aos clientes atrás de mim, à moça do caixa, ao vigia. Ele se afastou, minha mãe tinha evaporado. Paguei minhas compras e olhei para todos os lados na rua, procurando a Rainha-mãe. Para fazer o quê? Procurar minha mãe sem querer falar com ela, só vê-la de novo, só mostrar para ela. Seu olhar valia todos os espelhos. Foi em seus olhos que minha transformação assumiu toda a sua dimensão, todo o seu valor. Passava os dias me olhando, me auscultando, mas era diante dela que eu queria inflar meus músculos. Era para ela que estava fazendo aquilo tudo. Quando me postava diante daquele espelho colado na parede, imaginava que ela estava do outro lado. Eu acabara me persuadindo de que o espelho não tinha estanho, de que atrás daquela parede estava aquela que queria que eu fosse a mais bonita, que atrás daquela parede ela estava acorrentada, condenada a me ver inflar o dia todo, encostar um cano na boca e, chapada, rir de estar me destruindo. Seu suplício me impelia a continuar. Alec levantava seus halteres colando sua silhueta sobre a de Schwarzenegger, eu inflava meus músculos diante da minha mãe imaginária. Só que ela não via, não estava ali, eu estava sozinha com meu reflexo, sozinha diante do espelho, sozinha na balança, sozinha nas fotos, sozinha entre duas palmeiras, sozinha sobre um fundo pastel rosa e alaranjado. Um reflexo não é suficiente para fazer companhia, um objetivo não é um amigo, por isso eu tinha inventado sua presença. Minha mãe não estava escondida atrás de um espelho sem estanho, ele não existia; minha mãe já não estava na rua, ela já não existia. Eu estava sozinha.

Nosso encontro fora tão rápido que eu não conseguia me lembrar do olhar dela. No entanto, era a única recompensa que eu esperava, minha medalha, minha faixa, minha taça, meu troféu. Na verdade, não tinha acontecido conforme o previsto. Meu plano tinha falhado. O que eu tinha planejado era o seguinte: uma vez terminada a série de fotos, eu pretendia achar o endereço dos meus pais e, a cada dia, enviar-lhes uma imagem. Queria organizar um suplício diário. Imaginava que, apesar da aversão àquela correspondência, um interesse mórbido os impelisse a abrir o envelope, que a cada manhã descobrissem o corpo transformado da filha. Uma tortura dia após dia. Um sorriso à guisa de uma banana e, como única lembrança, braços contraídos e deformados.

O distanciamento dá a ilusão de que o reencontro será especial, com uma auréola de luz sépia, como nos flashbacks do cinema, uma bobagem do tipo. Não não, apenas olhos franzidos vislumbrados depressa demais para serem decifrados sob a luz detestável de um supermercado. O que ela pensou? Será que a assustei, desgostei, entristeci? Eu deveria ter calado a boca, ter deixado que ela fosse embora, ter mantido meu plano em vez de me expor. Entreguei tudo, sem introdução, sem deixar evoluir, entreguei uma conclusão inacabada. Foi um desperdício. Como a conheço, ela é capaz de esquecer o que aconteceu, pelo menos de não mencionar, como se não tivesse sido nada. Meses de trabalho, de sofrimento, de ceva, injeções, suor, para chocar, perturbar, aterrorizar, e daí? Olhos franzidos, boca fechada, fiasco, vingança naufragada. Um pobre imbecil, uma pobre imbecil.

18

Alec passa o tempo todo na casa de um artista que conheceu na Art Basel, só volta ao seu ateliê para pegar umas coisas e me fotografar. O coração já não está ali, ele está concentrado em seu namorado e em sua exposição. Sou secundária, ele me fotografa entre pegar duas cuecas limpas e passar suas camisas. Já não sou uma obra de arte, sou uma obrigação, uma missão. Sinto que ele o faz por polidez, e isso me deprime. Um dia, ele vai se instalar na casa do namorado, pedir que eu desocupe o ateliê, e serei uma obra-prima inacabada, trezentas fotos num álbum colocado numa estante e coberto de poeira.

O mundo se divide em duas categorias, os que têm um revólver carregado e os que cavam. Cá estamos de volta novamente. Carrego meu revólver pela última vez, uma bala de ouro maciço, o cartucho transborda, vou me matar de verdade, depois vou cavar bem fundo. Não vou fazer mais nada pelos outros, não vou mais ser objeto de ninguém, vou me responsabilizar por mim mesma de uma vez por todas. Ninguém a surpreender, ninguém a contrariar. Vou subir no pódio sem escrutar olhares, vou subir no primeiro degrau e olhar para a frente, serei meu único projeto, meu único público. Não vou mais me drogar, quero estar com a mente clara, ganhar o Concurso, envergar minha faixa, dominar os outros e dominar meu corpo. Vê-lo se deformar, inflar e sucumbir. Obrigada obrigada, faço questão de agradecer especialmente à minha mãe, sem a qual nada disso teria sido possível. Mamãe, obrigada! E merda, de novo. Vou precisar de tempo para me emancipar.

Um, dois, três, quatro, cinco: em menos de vinte minutos, as fotos de Alec se cobrem de adesivos, é um sucesso. Ele passa de grupo em grupo, a cada dez segundos Agatha Christik o interpela, ele se desculpa, interrompe a explicação, a *junk food*, os remédios, e começa de novo com outro casal. Alec venha cá, por aqui Alec, é uma representação da relação dos seres humanos com o alimento. O que eu quis mostrar é que. Alec, este casal gostaria de falar com você, pode explicar para eles. Então nestas fotos eu quis dizer que. Acabamos de vender mais uma, que loucura. Pode posar com eles diante da tartaruga? Sim, claro, tenho muito orgulho desta, porque, como vocês veem, a mensagem blá-blá-blá. Alec, acabamos de vender o gato, não acredito. É forte, é bonito, ele começa uma frase com um e a termina com outro, quando passa por mim me dá uma piscadela. Junta as mãos à maneira asiática para se desculpar por ter de mudar de interlocutor, ele se sai muito bem, estou feliz por ele, foi feito para isso. Conhece o artista? Sim sim, é meu amigo. Que talento, que força, acha que ele tem outras em estoque? Sim, ele tem uma série inteira com um bichinho vivo. Fantástico! Acha que eu poderia ver? Que tipo de animal? Está à sua frente, contraio os músculos e faço pose. O cara que está falando comigo não sabe muito bem se é para rir ou para me levar a sério, uma expressão bizarra surge em seu rosto. Ele até que é bonito, óculos tartaruga, camiseta branca de gola redonda, bronzeado ao ponto, olhos castanhos, cabelo repartido de lado, muito lindo e limpinho. Sinto-me idiota por ter me apresentado como um animal de circo. Balbucio que Alec fotografa minha transformação todos os dias sobre um fundo de cartão-postal de uma Flórida caricatural. É um pleonasmo, ele diz, a Flórida é sempre uma caricatura, sorri com meiguice, olha-me nos olhos, fixamente. Fico constrangida, não consigo acreditar que ele esteja me paquerando, e isso piora meu estado. Flutuo, na hora eu flutuo, mas vou afundar, sinto que vou afundar. Peço desculpas, preciso ir ao banheiro, fujo. Ao lavar as mãos, olho meus braços, não é possível, queria que derretessem, estremeço, por que meus braços são assim? Deveria ter pegado um pulôver para escondê-los. Mais radical, tenho vontade de cortá-los, jogá-los no lixo, não posso sair com aqueles braços. Alguém bate à porta, é terrível, o que vim fazer neste inferno? Toc toc toc, preciso sair, não tenho escolha.

Ele está me esperando com uma taça de champanhe em cada mão e o sorriso meigo de sempre. É para mim? Sim, não é todo dia que se pode tomar um champanhe com uma musa. Entendo melhor, ele está zombando de mim. Sou uma diversão, uma distração, ele está entediado, eu o ocupo. Mas não, ele continua me olhando nos olhos, nem um pingo de perfídia por trás da grande armação de tartaruga. Agora, seria bom você pegar a taça que estou lhe dando, senão em dois minutos vou estar com cara de idiota.

Lençóis de seda, persianas de madeira, luz filtrada, no teto um lustre em forma de vírus, ao redor móveis modernos, quarto imenso, quadros por todo lado, estátuas ameaçadoras, uma delas apontando o dedo para mim. Ressaca brava, boca seca, ao lado barulho de chuveiro, melodia assobiada, lembrança de transa desenfreada, beijos apaixonados, sorriso tolo, desejo saciado. Alec teve de nos pedir gentilmente que fôssemos embora, risadas demais, champanhe demais, barulho demais, compostura de menos. Subimos no seu Porsche preto, Vince é colecionador de arte, Miami deixou correrem suas luzes fluidas multicores, clarões alongados, palmeiras deformadas, dirigiu como louco, chegou ao ponto de tocar "In the Air Tonight" de Phil Collins, *Miami Vice*, divina caricatura. Ele conhece seus clássicos. Discoteca da moda, Vodca Get 27, uísques secos, dança, beijos, trepada. E agora estou esperando por ele, cessa o barulho do chuveiro, continua o assobio, me recosto apoiada nos cotovelos, talvez a gente transe de novo. Só que não, ele sai vestido, sorriso forçado. Oi, dormiu bem? Sim sim, e você? Superbem, escuta, sinto muito, tenho compromisso, preciso sair. Ah, ok. Sinto-me constrangida. Ele fica plantado, me olhando, entendo que tenho de dar o fora. Nada de segundo tempo. Posso tomar um banho? Ele olha o relógio, respira fundo, sim sim, claro, mas rápido, vou me atrasar. Pesadelo. Sou uma chata idiota da qual estão querendo se livrar. Saio do meio dos lençóis, me levanto, meus braços são enormes, mas não o suficiente para esconder tudo, meu corpo, minha vergonha. Passo a seu lado, ele me olha, ricto, se arrepende. Fecho a porta. Luz cruel, espelhos do chão ao teto, esse corpo eu conheço de cor, observo-o o tempo todo, todos os dias, eu o construo, mas agora ele me repugna, me enoja. Náusea, me precipito para a pia, vomito meu uísque, despejo meu corpo. Toc toc, tudo bem? Sim sim, é o álcool, sinto muito. Ok, vou preparar um Alka-Seltzer, mas se apresse, vou me atrasar de verdade. Sim sim, vou me apressar. Abro as torneiras, olho no espelho. Lembro que entre dois copos, à noite, ele me disse que hoje não tinha nada para fazer. Ele me pegou como um animal, agora está me achando uma imbecil. Com meu físico de antes, ele ficaria comigo na cama, lamberia meus pés para que eu ficasse, treparia comigo o dia inteiro, agora me larga como uma prostituta. O quê? Como com aeromoças, enfermeiras, é loucura trepar com uma mulher de corpo esculpido? Fantasia realizada, curiosidade satisfeita, agora vaza, tenho um encontro, você vai me atrasar. Caramba, você não é colecionador, deveria me guardar, não é? Deveria me pendurar na porra dessa sua parede. Não quer me conservar como troféu? Quem sabe, pode ser que meu valor aumente? Tudo o que acabo de escrever, vocês não sabem, mas eu disse em voz alta, estou falando com ele através da porta. A porta não respondeu.

Alec vendeu tudo, dezoito fotos, 36 mil dólares, Agatha Christik até lhe passou uma gratificação – 40 mil, bingo! Em compensação, ele me abomina pela confusão que aprontei na vernissagem, mas o sucesso e o dinheiro atenuam um pouco meu comportamento. Eu sabia que algum dia isso aconteceria, ele se instala na casa do namorado e propõe que eu assuma o apartamento, ou seja, que o descomprometa, muito simpático. Alec me diz, já que simpatizou com um colecionador de arte, poderia apresentá-lo para mim? Respondo por que não? Não esclareço que antes de deixá-lo assentei-lhe um tapa, o primeiro da minha vida. Aquilo me fez bem, mas tem jeito melhor de simpatizar.

Há canais de televisão para fisiculturistas. Também há revistas e sites pornográficos dedicados a mulheres de músculos esculpidos, é uma fantasia, portanto é um mercado. Todos os vícios são transformados em negócio, esse é um deles, alguns homens se excitam pegando mulheres mais musculosas que eles. Para variar, eu gostaria de saber o que meu psi diria disso. São gays reprimidos, que não ousam sair do armário? Fácil mas possível. Ou homens que desejam sentir-se seguros, dormir com a cabeça aconchegada a um ombro musculoso? Talvez simplesmente frustrados que não têm vontade suficiente para encarar horas de sacrifício e tentam se admirar no espelho da companheira? Curiosidade, por que não, esperando ver um clitóris do tamanho de um micropênis? Nada feito, não é meu caso, pelo menos ainda não, ainda não cheguei a esse ponto. Mas sim, é uma das consequências da musculação exagerada, a parte visível do clitóris incha, cresce. Em algumas mulheres, pode parecer uma falange desossada, um troço de dois centímetros, às vezes três. Talvez fosse isso que meu colecionador estivesse procurando: uma vulva de homem, algo raro, uma obra de arte. Bem sei que alguns de vocês vão procurar na internet. Não vão admitir, mas vão procurar. Clitóris de mulher *bodybuilder*, é rápido digitar, é uma curiosidade. Shhh, esse vai ser nosso segredo. De todo modo, é tanta confusão no mercado dos vícios que buscar explicação até dá tontura. Deixo girar a cabeça de vocês.

Não preciso de psi para saber que uma boa trepada faz bem e, embora tenha acabado mal, eu estava necessitada. Passar tanto tempo torturando o corpo, sem pensar em lhe dar prazer, é desequilíbrio. Afinal, matei a curiosidade de Vince e tirei proveito, em negócios isso se chama acordo ganha-ganha. Se existem sites, é porque existem clientes, então eu poderia pescar no viveiro para me satisfazer. Por que não? Se me deixei pegar, tanto melhor, mesmo sendo por causa de uma vulva, paciência.

19

Lembro que naquele período eu remoía o tempo todo a lembrança de um sábado de manhã, quando eu era Elizabeth, princesa durante a semana, minimiss no fim de semana. Naquele dia a Rainha-mãe estava de bom humor, confiante, era nossa vez, era nosso dia. Ganhar de novo. Tínhamos estudado as forças em confronto, nenhuma concorrente séria. Minha mãe comprara para mim um vestido simples, azul-claro. Mandara a costureira fazer asas de renda branca, um anjo. No carro, cantávamos, ela me olhava pelo retrovisor, aquele espelho que só reflete o essencial, os olhos. Eu só via seu olhar, no entanto sabia que ela estava sorrindo, que o resto de seu rosto estava feliz. Seu olhar aparecia orgulhoso e feliz no espelho retangular. Atrevo-me a dizer que havia amor naquele reflexo milagroso. Eu cantava uma estrofe, ela cantava a seguinte, éramos uma equipe, a melhor das equipes, uma mãe e sua filha. No assento, ao alcance da mão, minhas asas. Eu podia acariciar o paraíso com a ponta dos dedos, ia levantar voo, era só pendurá-las nas costas e decolar, uma ideia simples.

Faça o que dissemos, essa era sua frase antes de me ver sair para a passarela. Frase engraçada. Faça o que dissemos era uma maneira de me associar ao que ela tinha preparado. Faça o que estou dizendo é brutal demais, é uma ordem. Faça o que dissemos é trabalho em equipe. E subo na passarela. Recito minha lição, de fato é preciso seguir as modas do momento. Qual é a música que toca o tempo todo no rádio? Pois bem, milagre, é minha canção preferida. Qual é a obsessão do momento? Nosso país está travando uma guerra contra os maus, então penso nos soldados que são heróis, mesmo a guerra sendo uma coisa feia, é preciso vencê-la e que depois os soldados voltem inteiros e com saúde. Aplausos, o orgulho nacional é muito importante. E, é claro, é preciso agradecer aos pais, sem os quais não somos nada. Obrigada papai por pagar meus vestidos trabalhando duro. Obrigada mamãe por me fazer bolos maravilhosos com M&M's, sim sim são meus preferidos. Mmmmm, diz a plateia. Gulosinha, diz o presidente do júri dando uma piscadela para a Rainha-mãe, que faz cara de modéstia, ora isso não é nada, preciso mimar essa princesa. Mas são asas que estou vendo!, exclama então o presidente. Cuidado, querida, não voe muito alto, senão vai bater no teto. Piadinha, o público ri, é uma sala grande, faz eco, as risadas ressoam, é impressionante, tudo isso para mim. Começou bem. Coreografia caprichada, eu deslizo, flutuo, meus gestos são perfeitos, o ar e a atmosfera são meus parceiros, rodopio numa nuvem de algodão, a música me bate nas veias, piruetas, meia-volta, reverência, ovação. Minha mãe levantou-se para aplaudir, seu sorriso domina a plateia, fico arrepiada. Uau, acabamos de viver uma coisa linda, diz o presidente do júri. Normal, ora, fiz o que dissemos.

A candidata seguinte me dá pena, olho para ela com piedade e compaixão. Vestido colorido, chapéu ridículo, além do mais ela é feia, mas feia, meu Deus como é feia. Vejo sua mãe filmando com uma mão e fazendo tchauzinho com a outra, cheira ao amador que leu um manual na véspera, cheira a vestido saído do sótão, cheira a tristeza. Olho para a mãe e digo a mim mesma que é uma criminosa por fazer aquilo. Tudo na filha é errado, ela fala de um prato tradicional que ninguém conhece, sua música preferida é cafona. Nem se lembra do nome da doença da qual quer falar, muco, mucovo, vomico, ela gagueja, um fiasco. No entanto, faz tudo isso com um sorriso. A mãe está orgulhosa, na verdade não há por quê. O importante é participar, diz até o presidente do júri, o público ri, o público é imbecil. Eu sou uma profissional, sou a mais bonita, vou ganhar.

Então agora temos uma candidata um tanto peculiar, lembro que o presidente disse isso. Uma candidata um tanto peculiar, peço uma salva de palmas para Liv! O que significa um tanto peculiar? Essa história está cheirando mal. Minha mãe olha para mim como se eu soubesse do que se tratava, mas não sei de nada. Liv sobe no palco com a mãe. Vão apresentar um dueto, é isso? O presidente faz a primeira pergunta. Então, Liv, de onde você é? Liv começa a fazer gestos com as mãos e a mãe traduz, interpreta. Putz, Liv é surda-muda. Perfeitamente azeitado o esquema delas. As mãos da filha acarretam os movimentos da boca da mãe. Apesar da minha deficiência, sou uma criança como as outras. O público está comovido, aplaude, caramba, não adianta, ela não está ouvindo. A candidata inesperada é o flagelo da favorita. Os gestos da mãe são bananas dirigidas a mim. Num silêncio religioso, ela dança, é como assistir à MTV com som cortado. Sou mais bonita que ela, lembro que pensei isso. Essa deficiente está massacrando a harmonia entre mim e minha mãe, também pensei isso.

Uma olhada para a Rainha-mãe é suficiente para perceber que acabou. Está furiosa; como a conheço, ela é capaz de invocar concorrência desleal, de esquadrinhar o regulamento, é capaz de muita coisa. Se pelo menos minhas asas fossem reais, se pelo menos eu pudesse levantar voo de verdade, desaparecer, só que as asas são falsas e estou grudada ao chão daquela sala deprimente. Vou ter de subir ao segundo degrau, aplaudir a consagração de Liv. Só espero que o presidente não me faça perguntas, que não me peça para dar minhas impressões. O que poderei responder? Obrigada, Liv, você acaba de estragar meu fim de semana? Obrigada, Liv, sua vitória foi merecida e minha vida está despedaçada? Só que não, eu não existo, só importa Liv, cuja mãe interpreta o discurso de vitória. Liv é modesta, Liv é gentil, Liv ganhou o primeiro degrau do pódio, sobe alto, tão alto que eu desapareço. Todo mundo se aproximou para tirar fotos de Liv, estou fora do foco. Minha mãe já saiu para fumar um cigarro, agora vai ser a festa, a minha.

Tenho um físico de segunda, tenho direito a um tratamento de última. As virtudes da competição, as alegrias da frustração, os prazeres do amargor, caramba, o importante é participar, dizia o outro de brilhantina no cabelo. Na época, eu não sabia que era o cara dos Jogos Olímpicos que tinha feito essa afirmação. Aparentemente, um francês, normal para um povo de medrosos e de perdedores, incapaz até de nos ajudar a guerrear. Os Jogos Olímpicos para bonecas maquiadas com asas. Os Jogos Paraolímpicos são outra categoria, não é? A beleza do gesto, a importância da concorrência já na infância, o jogo que se transforma em punição. Brincadeira de criança, essa é a expressão.

Jogo de esconde-esconde, se eu te achar te dou um tapa. Detesto uma deficiente, é sadio, é sensato. Sim, ao procurar o olhar da minha mãe no retrovisor, não o encontro; em compensação. encontro no fundo de mim mesma sentimentos deploráveis. Sei que não deveria, mas eles estão ali. Não é nobre, é ignóbil. Mas é assim, detesto aquela deficiente por ter surgido de lugar nenhum e me esmagado sem querer. Enquanto isso, durante as três horas de estrada, durante toda a viagem de volta, olho para aquele maldito retrovisor, procurando olhos, procurando amor. Os olhos estão ali, concentrados, fixos e franzidos, mas, quanto ao amor, posso continuar esperando, ficou na passarela, no meio da festa e das serpentinas. A festa acabou, a derrota me privou do amor.

Antes, eu subia no pódio para mostrar a miss, manter e ganhar amor. A partir de agora, quero o pódio para mostrar meus músculos, meu ódio de mim mesma, dos outros.

Agora tenho uma agenda determinada: seis meses até a grande competição, o Concurso. Aqui estou, livre de tudo, posso me dedicar à minha missão. Já não há plano para aborrecer meus pais, já não há colocatário para me distrair, simplesmente meus músculos e eu, meu reflexo e eu, meu esforço e eu. Eu, eu, eu por todo lado, eu o tempo todo. E podem ter certeza de que é preciso ter uma imensa força de caráter para passar tanto tempo com alguém que desprezamos tanto.

20

Miami é Nova York que caiu num saquinho de confeitos, diz o namorado de Alec. Ele se chama Gordon. Eu já o tinha encontrado rapidamente na vernissagem, onde se mostrara polido mas distante. É um pouco arrogante, dá sempre a impressão de estar gravando o que diz para transformá-lo numa citação. Para comemorar seu sucesso e seu monte de grana, Alec nos convidou para irmos ao Joe's Stone Crab, uma instituição. Manobristas, jardim interno para tomar o aperitivo, lá dentro toalhas brancas, painéis de madeira, mudança de dimensão. Ele repete para quem não tiver entendido, Miami é Nova York que caiu num saquinho de balas, diz balas para ser mais fácil de entender. Ele completa, na verdade aqui se encontram todos os estabelecimentos de Nova York, mas em branco, rococó e fluorescente, Nova York com palmeiras anos setenta. Alec olha-o como se tivesse descoberto um tesouro enciclopédico, a luz para o cego, está transfigurado. Uau, tem razão, é uma bela imagem, Alec replica, e passa o jantar inteiro repetindo o que Gordon diz, olhando-me em busca de aquiescência. Então aquiesço, sim sim, exatamente isso. Aquiesço e bebo, e quanto mais bebo mais detesto aquele cara que me roubou o amigo. Claro, ele continua ali, com os dreads, os músculos, o entusiasmo, a ingenuidade, mas está enfeitiçado pelo namorado e pela caipirosca. Não consegue se dar conta de que triunfou, de que está naquele restaurante chique tomando bons vinhos e comendo caranguejo com molho de manteiga derretida e mostarda. Ciúme, essa é a palavra perfeita para definir o que estou sentindo. Na conversa, sou o salto final de um ricochete. Gordon diz uma coisa, Alec repete, depois se volta para mim para que eu aprove, e pluft, acabou-se. De novo, tac tac tac tac pluft. Mergulho na minha taça de vinho branco, mais uma vez pluft. Paris, já imaginou, ele morou em Paris. Ah é, e o que é Paris? Por favor, Gordon, diga lá, Paris é Nova York que caiu numa lata do quê? Faço as perguntas e dou as respostas na minha cabeça, o álcool as torna mais interessantes do que as falas deles. Milão também, ele foi a Milão, imagine. Ah meu Deus, agora Milão, vamos ter de aguentar uma descrição geográfica sobre todas as cidades da Europa. Lá Gordon assistiu a um desfile de Versace, foi suntuoso, claro. Tenho vontade de me meter uma bala, a não ser que eu o assassine como Gianni foi assassinado a algumas centenas de metros daqui, à queima-roupa, último desfile, suntuoso. Já imaginou, bang, costurada a boca do costureiro, silêncio absoluto.

E depois, milagre, Gordon se interessa por mim. Faz perguntas sobre minha vida. Diz que a série de fotos tiradas de mim é interessante, que seria uma pena interromper, que há alguma coisa em mim, que para ele os músculos são secundários, o cenário também, o que ele acha interessante é o meu olhar. Eu me endireito na cadeira, sorrio, ajeito o cabelo. Afinal, ele não é tão chato quanto parece. Talvez ciúme seja isso, ser privada do interesse que se imagina merecer. Eu, eis um bom tema. Esse cara é um feiticeiro. Em três frases, me pôs de ponta-cabeça. Estou enfeitiçada. Ah sim, Gordon, fale do meu olhar, o que ele tem de tão especial? Tristeza ou ódio. Ah sim, pudera. Fico desconcertada, desculpe, preciso ir ao banheiro. Dessa vez não olho meus braços no espelho, me olho no fundo dos olhos, é pior. Tristeza e ódio, mesmo? Não, não é o que vejo. Talvez eu não seja quem tem mais condições para isso. Estão brilhantes, sim, estão brilhando. Estou bêbada, só isso. Agora estão úmidos. Eu me achava forte, achava que meus olhos refletiam minha força e minha vontade. Será que me enganei? Terei confundido força com ódio? Choro, sim é evidente, estou triste. Saio do banheiro, saio do restaurante.

As lágrimas escorrem sozinhas. Nada estremece, nem meu rosto, nem meus ombros, é um pesar surpreendente, um pesar calmo, um pesar doce. Tristeza e ódio fotografados ao longo de um ano. O quê? Todos os dias o mesmo sentimento nos olhos. No entanto tenho a impressão de que me diverti durante as sessões de fotos, sim sim, dei risada, às vezes banquei a palhaça. Quero passar meu coração a limpo, por enquanto ele está pesado, preciso comprovar antes de fazer a limpeza, antes de limpar todo esse monte de merda. Começo a andar depressa, não o suficiente, corro a passos curtos. Devagar demais, é urgente, me deixem passar! Corro como uma desvairada. Saiam da frente, preciso verificar o que tenho no fundo dos olhos, qual é a fonte da porra dessas lágrimas.

Confetes, é uma maldita festa. Tudo voa, tudo flutua, tudo cai. Pisoteio centenas de mim esmigalhados, meu olhar triste e odiento esvoaça ao meu redor. Donos do universo, migalhas no chão. Purpurina, capacho. Maldito o poder de destruir nosso corpo, nossa vida, de transformá-los em confetes, de dançar no meio e saltitar por cima deles. Fio dental estrelado, músculos retesados, pôr do sol roxo-alaranjado, olhar violento e perturbado. Bem-vinda ao paraíso, Flórida, aqui estou, cheguei! Obrigada, obrigada, obrigada, é obra de uma vida inteira. Vou subir no pódio, sabiam, quero que vocês me admirem. Espero por isso desde criança. Quero olhar vocês de cima, quero que levantem a cabeça. Meus olhos já não estarão tristes e odientos, bondade, orgulho, gentileza, tudo o que quiserem, mas nem ódio, nem tristeza, por favor, estou pedindo, me concedam isso.

Você destrói tudo o que há ao seu redor. Qual é seu plano? Você aparece, se mete no cenário, devora o espaço e depois, então, quebra tudo? Alec dá voltas pela sala, ouço-o varrer com o pé as fotos esmigalhadas, ouço-o respirar fundo. Não abro os olhos, finjo que estou dormindo. Ele que fique ali duas horas, dois dias, dois anos, duas eternidades, não vou abrir os olhos. Não, fala sério, pelo espelhão não estou nem aí, mas todas as fotos, todas as porras das fotos. Caramba, era trabalho de nós dois, está achando que te pertencem só porque está nelas? Não finja que está dormindo, sei que está ouvindo. Diga alguma coisa, merda! Também sou proprietário dessa poeira, foi meu trabalho que você destruiu. Você acha o quê? Está pensando que é a única desta terra que tem uma vida de merda? Se não quer abrir os olhos, pelo menos acorda. Olha, um pedaço de foto com o seu umbigo, aqui, estou pondo em cima da mesa. Quando tiver coragem de se levantar, pode mergulhar nele. Pode fazer um pingente, pendurá-lo no pescoço e mergulhar, e até se afogar nele. Você é irritante, Elizabeth, é a pessoa mais inteligente que já encontrei na vida, mas nunca vi ninguém tão idiota. Sim sim, ele disse isso, não estou inventando nada. Disse isso e sumiu. E eu continuei de olhos fechados.

Acabei me levantando, abrindo os olhos, talvez não no sentido em que Alec gostaria, mas abri. Saí do *puzzle* gigante espalhado pelo chão, desviei dos pedaços de mim sem nem olhar meu umbigo sobre a mesa. Perambulei pelo bulevar, encontrei 5 dólares no bolso e me sentei para tomar um café. É a hora em que o dia termina, em Miami é a hora em que o desfile começa. Todo mundo mostra sua carroceria. OutKast canta "Hey Ya!" de dentro de uma Lamborghini amarela estacionada na calçada em frente. Aparecem aqueles pássaros, como é que se chamam, mesmo? Não sei. Aqueles passarinhos marrons que pulam de mesa em mesa, não são pardais, nem corvos, ladrõezinhos que roubam os saquinhos de açúcar. Aqui até os passarinhos são viciados, roubam suas doses e vão se drogar nos toldos dos restaurantes. A Lamborghini continua cantando, o passarinho se dopa, a rua se torna fluorescente, marco o ritmo com o joelho, a temperatura é amena, está tudo bem. Miami é Nova York que caiu num saquinho de balas, talvez aquele imbecil tenha razão.

Só que um drogado de penas levou minha nota de 5 dólares junto com sua dose. Eu o vi em câmara lenta, aproximou-se da minha xícara, eu disse a mim mesma ele não vai fazer isso, e sim, num mesmo movimento ele roubou meu açúcar e minha nota. Vi meu dinheiro decolar, se afastar, vi a porra da minha nota ser colocada no toldo e zombar de mim. Não tenho mais nada para pagar meu café, o passarinho está rico e eu arruinada. O que aquele pardal estúpido vai fazer? Vai formar uma carreira de pó doce, enrolar minha nota e cheirar tudo? É um complô.

Todo mundo contra mim. Imagino subir na cadeira, agarrar-me ao toldo, fazer uma flexão, isso eu sei fazer, imagino me balançar para subir e avançar naquele drogado de asas para recuperar minha grana. A polícia chega, giroflex, queira descer, minha senhora, as pessoas se aglomeram, que espetáculo! Uma fisiculturista brigando com um passarinho. Queira descer, minha senhora, último aviso. Vou acabar presa por causa de um passarinho. É uma conspiração.

Na verdade, não saio do lugar, continuo sentada, não vou me irritar, vou reservar meus nervos para outra coisa. Olho para o passarinho. Não é um complô, é um passarinho, apenas um passarinho. Levanto como se nada tivesse acontecido, levanto e saio andando. Está escuro, a temperatura é amena, tenho uma missão, nada deve me desviar dela. Nem mesmo um passarinho cleptomaníaco e drogado.

21

Não vou lhe dar nome, aliás não o conheço, para mim é um objeto. É igual a todos aqueles que se consideram deuses gregos nas academias. É útil para mim, mas não tem identidade. Está atrás de mim no vestiário, todo encostado em mim. Nem tirei os fones do ouvido, minhas mãos suadas deslizam pelos armários, minha posição é a de uma delinquente revistada pelos guardas na rua. Estou de olhos fechados, até esqueci sua fisionomia, ele está me revistando, só isso. Eu o sinto, não o ouço, não o vejo. São cinco da manhã e estou fazendo sexo no vestiário da academia ouvindo Eminem. Fazia duas semanas que ele me espreitava nos aparelhos. Tudo aconteceu com os olhos e um sinal com o dedo pedindo que ele me seguisse. Minha bacia vibra, meu espírito vibra, meus tímpanos vibram, minhas mãos deslizam, dura o tempo de uma canção. Magia do espírito, rapidamente é Eminem que está atrás de mim. Estou fazendo sexo com Eminem e é muito bom, ele canta nos meus ouvidos, me chupa os lobos. Eminem dá um último arremesso, seu hálito vem carregado de bacon e ovos. Poderia ter escovado os dentes. Ele se retira, não me viro, Eminem desaparece, tem a decência e a elegância de não ficar, de não querer falar comigo. Levantando minha calça de jogging, penso que Eminem é gente fina e bom de foda.

Com frequência associamos períodos da nossa vida a uma música, a um grupo, a um cantor. É muito comum, na verdade. Uma melodia nos transporta imediatamente para um lugar, uma data determinada, ao centro de um clima especial. Às vezes um ritmo até faz voltar um cheiro. Gwen Stefani, por exemplo, me enche imediatamente as narinas de solvente, de umidade, de maconha. Há suplementos alimentares, me empanturrei deles; com Eminem encontrei meu suplemento de raiva, me droguei. Será que eu estava com necessidade de fúria ou já estava enfurecida? Alguma coisa na sua histeria brusca tangia determinadas cordas da minha personalidade que eu queria estimular. A fúria, portanto, a cadência, a violência, a insolência. Já não posso ouvi-lo agora que tenho dificuldade de locomoção, é uma música para se mexer, correr e, sem fôlego, ultrapassar os próprios limites. É um ritmo para levantar pesos, mandar à merda o mundo que nos cerca. Ei, estou aqui, azar de vocês, vocês não têm escolha, vou me impor, vou detonar vocês. Eminem me transporta imediatamente para uma sala de musculação, para eflúvios de suor, sua música me faz cerrar os dentes, me faz sentir cada músculo, me resseca a boca e me umedece as mãos. Se hoje já não posso ouvi-lo, naquele período me tranquei com ele, tomei-o como refém, ele era meu *coach*, gritava nos meus ouvidos que eu chegaria lá, que eu incomodava todo mundo, que eu era a melhor, a mais forte. No fundo da sala, no teto, uma lâmpada de neon defeituosa estalava. Quando eu ia para o banco embaixo dela para fazer desenvolvimento deitado, a luz me batia na cara, e eu pusera na cabeça que os estalos correspondiam ao ritmo da música que estava ouvindo, que Eminem falava comigo através daquela luz direta e agressiva que ficava piscando.

A lâmpada de neon era viva e me fazia companhia. Sabem de uma coisa? Outro dia uma música dele tocou no rádio, pois bem, fiquei esperando feito boba que a lâmpada do meu escritório começasse a piscar. Com as mãos apertando forte a beirada da mesa, fiquei com os olhos ardendo de esperar que a porra daquela luz crepitasse, durante quatro longos minutos esperei um sinal, e nada aconteceu. No fim da canção agarrei a lâmpada muda, atirei-a contra a parede, como castigo por seu silêncio cruel. Passei todo aquele período de treinamentos intensivos na companhia de um amigo imaginário. Um ano de vida em comum com alguém que ignora totalmente minha existência.

Sacrifiquei aquela bela cabeleira loira que além de ser o orgulho da minha mãe me fazia parecer com ela, fazia de mim sua sósia em miniatura. O mesmo loiro, o mesmo volume, a mesma implantação. Ela me dizia, olha só Elizabeth, é como Sansão, seus cabelos são sua força, mas no fundo minha mãe devia pensar: nossa semelhança é sua força. Ela não dizia você vai ganhar, mas nós vamos ganhar. Fiz o contrário de Sansão, para decuplicar minhas forças cortei o cabelo, para me tornar mais poderosa raspei tudo. E com quem passei a me parecer então? Decerto Eminem tem traços finos e femininos. Decerto eu desejava me parecer com ele. Eu precisava acreditar que era ele. Raspei o cabelo para me distanciar dela e me aproximar dele.

Essa não, você está gozando da minha cara! A vernissagem é daqui a uma semana, não podia ter esperado mais sete diazinhos para raspar a cabeça? Está se achando a Britney Spears? Que loucura. Imitar a Britney Spears raramente é sinal de sanidade mental, sabia? Quero lembrar que você é o único modelo da série. Não é possível, espero que você tenha consciência do problema. O problema, Elizabeth, é que eu queria te fazer posar na frente do pôster na galeria, que as pessoas vissem o modelo-vivo na parede em frente da série das suas fotos. Fazia parte da performance, foi uma coisa planejada com Agatha, os clientes veem de um lado a transformação fotografada e do outro o modelo-vivo, o processo e o resultado, entende o espírito da coisa? Você realmente fez merda e sabe disso... Fez merda de novo, sempre fazendo merda, esse é o seu lema. Agora vou dizer o que você vai fazer, vai achar uma porra de peruca, vai grudar na cabeça algum troço que lembre a porra de modelo das fotos que as pessoas vão comprar. E que não seja uma peruca excêntrica e extravagante, não quero saber de nenhum espantalho desengonçado na minha vernissagem. Essa não, você está parecendo aquele outro rapper, como é o nome dele, mesmo? O histérico homofóbico que berra acelerado. Merda, deletei o nome dele. Enfim, foda-se, vê se dá um jeito nisso. Obrigado. Ah, sim, e por favor não rasgue o pôster, ainda preciso dele por uma semaninha, é isso, viu, acho melhor avisar. E também, claro, não bote fogo na galeria, não mate os convidados, nada de tatuagem de teia de aranha na cara, cumprimente as pessoas, não trepe com os colecionadores de arte e, principalmente, não os estapeie em público! Sim, Elizabeth, fiquei sabendo que você deu uma bofetada no outro estúpido. Ora, sabe qual o peso do cara? Aqui em Miami, ele faz parte da lista dos dez mais que é preciso ter no bolso, e o que você faz? Dá-lhe uma bofetada. Uau, que gênio! Ah, a tartaruga esmagada não me dava tanto problema! Pelo menos os velhos faziam gentilmente o que eu lhes pedia que fizessem, e me agradeciam! E você? Você me cospe na cara.

O que mais você seria capaz de imaginar? Não sei, você sempre se supera. Primeiro pense em todas as besteiras que poderia fazer e depois, é fácil, faça o contrário, quer dizer, não não, não faça nada. Venha, pose, sorria e, principalmente, fique de boca fechada. Não queime meu futuro. Ainda preciso de você por algumas horas, depois te passo a grana e nossos caminhos se separam. Pronto, obrigado, adeus, foi bom mas acabou.

Eu valho 40 mil dólares. Enfim, minha imagem pesa toda essa grana. Depois de descontar as partes de Alec e de Agatha Christik, meu valor real é de 4 mil dólares. Meu nome é Elizabeth Vernn, tenho dezoito anos e meu preço é 4 mil dólares. Realmente, nada que me faça figurar na lista Forbes das fortunas mundiais. O que representam 4 mil dólares em notas colocadas sobre uma mesa? Em notas de 100, nada de mais. Em notas de 1 dólar, pode parecer alguma coisa. Talvez dê para encher uma maleta. Sim sim, é isso, uma maleta cheia de notas como para pagar um resgate. Devolvam-nos a pequena Elizabeth, ela era tão bonitinha. Quanto? 4 mil. Fechado, bom negócio. Ah sim, em contrapartida, prefiro avisar, ela está meio diferente das fotos tiradas antes do seu desaparecimento. Imagino a cara da Rainha-mãe e do Valete quando eu sair do porta-malas e me tirarem o capuz da cabeça. O que é essa coisa?

No fim das contas, Agatha Christik adora meu novo corte de cabelo, para ele está melhor ainda. Mmmmmh, mas está gigantesco esse troço. Ele retorce a correntinha de seus óculos. Olha só, Alec, está totalmente de acordo com o nome da exposição, é o toque que faltava, bravo Lizbeth, ótima iniciativa. Obrigada, Agatha, eu me chamo

Elizabeth. Sim, é isso, tanto faz. Ele assume um tom de psi para falar comigo. Mmmmmh, de fato é uma pena, você deveria ter me contado antes Alec, teríamos acrescentado uma foto à série. Treze fotos em formato grande, treze é um bom número, treze é ótimo, além disso mais uma foto é mais dinheiro. Enfim, ele está contrariado. Deveria ter me falado, Alec, como pôde deixar passar? Não posso ser o único a refletir aqui, somos uma equipe, Alec, vê se cresce, rapaz. A menina não é boba. Dou uma piscadela e mostro a língua para Alec. Além disso, não daria para pensar em nada mais adequado ao nome da exposição, acrescenta Agatha. Ahn, não vejo ligação com *Donos do universo*, pergunto a Alec, qual a relação com *Donos do universo*? Ele fica constrangido, começa a balbuciar alguma coisa bem baixinho, não entendo. Não estou entendendo, Alec, fale mais alto, por favor, e olhe para mim. Agatha Christik toma a palavra, não recebeu o convite? Não não, não recebi o convite, qual o nome da exposição? *Momens e hulheres*, mudamos o conceito. *Donos do universo* era muito fraco, muito pretensioso, século XX demais. O quê? Pode repetir, não entendi. Momens e hulheres, afinal é simples, mulheres que se tornam homens e vice-versa. É por isso, sua cabeça raspada é a perfeição, uma puta perfeição. Alec está de costas para mim, diante de uma foto que ele finge endireitar, para se equilibrar com o eixo das outras. Vocês poderiam ter me falado, não é? Eu poderia dar minha opinião, enfim, estar a par, no mínimo. Alec passou ao eixo da foto número dois. Agatha revira os olhos, desde quando o jóquei consulta seu cavalo? Você é modelo, minha cara, o artista é Alec e o patrão sou eu, percebeu a hierarquia? Além do mais, qual é o problema? Por acaso você tem alguma coisa contra as pessoas que mudam de identidade? Ele se aproxima, encosta em mim, estamos cara a cara, vejo o reflexo dos meus olhos nos seus óculos borboleta. Meus olhos no rosto dele, perturbador. Com voz grave: isso é problema para você? Não respondo. Tudo bem, é o que eu pensava, para você isso não é problema. Não sei se ficou sabendo, mas estamos no século XXI. Ele remexe os cabelos da nuca, meu Deus, como o tempo passa depressa. Bom, vamos fazer uma coisa. A vernissagem é daqui a duas horas e não dá tempo para tirar, revelar e emoldurar novas fotos. Então, Alec, vá buscar uma moldura vazia e pendure-a na sequência da série. Alec franze as sobrancelhas, não entende, não sai do lugar. Vai, vai, depressa, já nos fez perder bastante tempo. Agatha me lança um olhar cúmplice, ah, esses artistas, às vezes precisam de uma sacudida. Arte é uma coisa boa, mas o *business* é melhor. Pronto, aí está, pendure ali, em seguida, mesma distância, mesma altura, mesmo eixo, simples assim. Tire o fundo, abra a moldura e tire o fundo. O fundo é preto, já dá para ver que não combina. O fundo tem de ser branco, o branco da parede. Oh meu Deus, tenho de fazer tudo, ele diz, sem fazer nada. Isso, tudo bem, agora endireite o que não está alinhado. Ok, então vamos vender essa moldura vazia, a foto número 13 não existe, é um símbolo magnífico, não é? O número da sorte é branco, uma folha em branco, entenderam. Temos duas opções, ou deixamos isso como está e o comprador guarda a lembrança da menina em sua última etapa de transformação. Ou o conceito lhe escapa, não devemos esquecer que o comprador tem muita grana, mas nenhuma imaginação. São crianças grandes comprando brinquedos sofisticados, necessitam do manual de instruções, é preciso lhes dizer tudo, explicar tudo. Neste caso, garantimos que, depois de recebermos o pagamento, ele receberá a última foto. O cara, afinal, vai entregar 45 mil dólares por uma série de treze fotos 150 x 220, então tudo bem, no fim damos o que ele quer, de certo modo é ele que decide, não vamos contestar, vocês sabem o que estou querendo dizer.

22

Agatha Christik não é amador. Pensou em tudo. Até nos coquetéis tricolores vermelho, branco, azul. Um troço à base de curaçau, pêssego, rum branco com xarope de morango. Um troço forte que lembra as cores da bandeira estadunidense, do meu biquíni fio dental. Ele até encomendou copos de estrelinhas. Um DJ vai tocar música eletrônica, vai ser uma festa.

Agatha está nervoso, mas não é nada comparado ao nervosismo de Alec, que anda de um lado a outro resmungando sozinho. De camisa de linho colarinho Mao, na verdade parece um guru de pacotilha, mas tudo bem, combina com ele. Cada vez que seus olhos encontram os meus, ele me aponta com o dedo, comporte-se, hein! Não se meta a engraçadinha. Cuidado. Respondo me empertigando. Sim, chefe, sim. Biquíni fio dental, escarpins estrelados incrementados com imensos saltos agulha, o bom soldadinho do clip do vendedor de armas. É um antegozo do Concurso. Quase me arrebento no piso xadrez de azulejo preto e branco. Você só tem de andar, porra, só andar, andar e sorrir, não é complicado! Vai botar tudo a perder, tenho certeza, você é uma catástrofe ambulante. Agatha Christik toma minha defesa, calma, crianças, calma! Alec, garotão, já tentou andar com esses troços? Não, eu sim. Bom, então um pouco de compreensão, andar com isso nesse azulejo é patinação artística em versão olímpica. Um pouco de compostura, à noite provavelmente haverá jornalistas, pelo menos é o que espero, convidei uma tonelada deles, decerto haverá dois ou três. Essa gente é como orgasmo, sempre esperamos mais e nunca há suficientes.

Os primeiros clientes a entrar pela porta da galeria na verdade não parecem jornalistas. Dão mais a impressão de uma caricatura de família de praianos atraída pelo tapete vermelho, pela porta aberta e pela música. Ele está terminando um sorvete tipo italiano, de short, sandália de velcro duplo, sorridente, sem saber do que se trata. Ela, de vestido rede preto por cima de um maiô verde-maçã, calçado de plataforma, chiclete, afetada. O filho, remelento e sorridente. Bom dia a todos. Dirigem-se ao bufê, como quem não quer nada, olhar voltado para as fotos. Andam com a cabeça de lado. O pai ginga ao ritmo da música. A mãe me encara, mascando. Até então está tudo bem.

O clima de volta da praia se transforma quando Agatha sai do espaço privado. Ah, não! Não mesmo! Ei, vocês sabem o código secreto? Olhares surpresos do casal, coquetel tricolor na mão. Não sabem o código secreto pela simples razão de que ele está no convite. E vocês receberam o convite? Não, claro que não, pois não são convidados. Se tivessem recebido, poderiam ter lido na parte inferior, em letras delicadas, a menção: *exigência de trajes adequados.* Saibam que é esse o código secreto, trajes adequados! Sandálias e shorts estão totalmente fora do código secreto. O homem olha para Agatha, vestido pregueado, colete, camisa estampada Liberty, depois olha para mim, o código continua secreto para ele. Rindo, o filho pergunta, papai, o que é código secreto? Exasperado, Agatha responde, secreto é o bom gosto. O menino pergunta, papai, o que é bom gosto? O pai olha para a série de fotos, olha para Agatha, olha para mim, talvez esteja procurando uma ilustração. Agatha abre os braços e, à maneira de uma retroescavadeira, dirige-os para a porta. Vamos, agora chega, saiam daqui, fora, *fuera!* Levem os coquetéis, oferta da casa, *regalo de la casa! Adiós, los amigos.* A família acaba saindo, bufando e arrastando os pés.

Da próxima vez, preciso sem falta contratar um porteiro, um armário. Vocês devem conhecer um monte! Turista de short e sandálias é a praga das vernissagens. Ora, imaginem se já tivessem chegado jornalistas, ao ver isso dariam meia-volta na mesma hora. No início da minha carreira, expus um artista cujas fotos representavam turistas de sandálias mortos, assassinados na praia. Turistas pulverizados. Foi um sucesso. Admito vendê-los em fotos, mas daí a acolhê-los na galeria, não vamos exagerar. É minha reputação que está em jogo, é sério. Agatha está em transe, enxuga a testa com seu lenço de renda.

Ah, Miguel chegou! Conhecem Miguel? *Hola*, Miguel! Meninos, apresento-lhes Miguel Guttierez, ele trabalha para uma rica família de Nova York. Gentileza sua ter vindo. Venha, entre, quer tomar alguma coisa? Um coquetel, tragam um coquetel para Miguel. Miguel, cabelos médio-longos, sorriso franco. Agatha, vi o folheto, pessoalmente gosto muito dessa série, de verdade, é poderosa. Um trabalho forte. Mas sabe como é, meus clientes são um pouco conservadores. Miguel, óculos de aviador, camisa branca. Tenho medo de que o delírio de mudança de sexo, tudo isso, enfim, não é nada pessoal, pois eu adoro, hein, realmente, mas acho que meus clientes não vão compreender a coisa, entende? Vim pela amizade por você, e além disso adoro seu trabalho, mas acho que este não posso oferecer para eles. Compreendo, Miguel, compreendo perfeitamente, não é dos mais acessíveis, enfim, estou falando do processo, não do preço. Risos espirituosos. Além disso, Miguel, todos nós temos um lado conservador, sabia, olhe para mim, eu me visto como Mamie... Mamie, a mulher de Eisenhower. Risos muito espirituosos. Miguel brinda com Agatha, eu sabia que você compreenderia, vai dar certo a série de vocês, já vai vender esta noite, não tenho dúvida disso. Voltarei daqui a um mês para a série sobre os sem-teto em traje de noite, isso, acho que disso meus clientes poderão gostar. Dirige-se para Alec, brinda com ele, dá-lhe os parabéns, tira um cartão de visita, vou segui-lo de perto. Alec enrubesce, teria muito prazer. Ele me dá uma piscadela, belo trabalho, brindo no ar. Miguel é tranquilo. Toma seu coquetel todo de uma vez, cumprimenta todo mundo, *hasta luego*, e Miguel se vai com seu short bege e suas sandálias de couro.

Depois então vem a avalanche. Uma onda de visitantes inunda a galeria. Clientes, jornalistas, colecionadores, artistas, apesar dos nomes que Agatha me enfia pela orelha, não guardo nada. Boom Bass. A música se eleva, as conversas zumbem, as perguntas disparam, sempre as mesmas. Quanto tempo para a transformação? Qual a dieta? Qual o preço? Quando você começou? Quanto custa? Quantas horas de trabalho por dia? É natural? Tenho a sensação de não conseguir tomar fôlego, repito: um ano, essencialmente frango, 45 mil dólares, devo ter comido um galinheiro, cerca de doze meses, três horas por dia, isso é segredo. Estou sufocada, entre duas respostas automáticas Agatha me traz coquetéis, que a cada vez enxugo em dois goles. Poderoso, forte, incrível, tenho a impressão de que o apreciador de arte tem um vocabulário de apenas três palavras. Forte, poderoso, incrível! Isso, para mim, é o coquetel. No fundo da galeria, vejo Alec, que parece estar se afogando também, nossos olhares se encontram, ele me sorri, está respondendo para um cara que segura um gravador. Agatha borboleteia, dá tapas nos ombros, puxa pela mão, faz apresentações. A música fica mais alta. Boom Bass. Oscilo nos meus saltos, minha sensação é a de ter onze metros. Há doze "eu" olhando para mim. Estou em toda parte. As pessoas falam de mim, falam comigo, e eu falo de mim para as pessoas que falam de mim. Turbilhão de mim. E atrás de mim uma voz conhecida. A essa altura já não é nem mesmo uma caricatura de Miami. Eu me viro, Vince toma minhas mãos nas dele. Prefiro, é mais prudente, não tenho vontade de levar um tapa em público. Ele ri, tenho uma reputação a ser preservada. Você fica bem de cabelo curto. Hesito, procuro alguma coisa para dizer, não encontro. Agatha me tira do apuro, venha comigo, preciso falar com Alec e com você. Olho para Vince, solto as mãos, faço um muxoxo que diz sinto muito, eu bem que gostaria, mas não posso. Apoio-me no ombro de Agatha para atravessar a multidão buliçosa. Cruzo olhares.

Estamos no espaço privado. Alec tem um sorriso aparvalhado e as axilas molhadas. É um sucesso, sussurra satisfeito. Sucesso? Agatha olha-o como se ele fosse retardado. Sucesso, garotão, é quando alguém compra seu trabalho. Por acaso você viu algum sinal de dólar na atmosfera? Ah, é verdade, se eu medisse o sucesso pelo número de pessoas que vêm se embebedar de graça num lugar badalado, gingando ao som da música eletrônica, eu estaria miliardário, só que aqui é exatamente o contrário. O coquetel me custa dinheiro, a divulgação me custou dinheiro, o DJ está me custando dinheiro, você me custa dinheiro, tudo me custa dinheiro, é uma hemorragia de dinheiro, estou sangrando, me esvaziando do meu dinheiro, não chamo isso de sucesso, é uma derrota, uma bancarrota, em dez minutos vai ser uma anemia financeira! Bem, ouçam, todo mundo está adorando, é forte, é poderoso, blá-blá-blá... é bom, mas não é suficiente. Acho que exageramos um pouco no preço. Então vamos lá, vamos seduzir, sorrir, paquerar, vender! Dou um prêmio de mil dólares para quem conseguir um comprador. Estamos no século XXI, crianças, portanto, audácia e vamos em frente!

De volta à galeria, tenho a sensação de que está mais lotada ainda, de que a música está mais alta. Boom Bass Boom. Um coquetel chega à frente de meus olhos; na extremidade do braço que segura o copo, Vince sorri para mim, de camiseta de gola redonda, óculos tartaruga, cabelo repartido de lado, todo lindo, todo limpinho. Já vivi aquela cena. Pegue o copo, senão em dois minutos vou estar com cara de idiota. Pego o copo, bebo de uma golada. Ele passa o polegar nos meus lábios para enxugá-los. Você não quer comprar essa série? Garanto que o modelo é não violento e que, como não vou de novo para sua cama, você poderá me pendurar de verdade na parede. Ele ri, de fato é um bom trabalho, bom mas um pouco caro. É só a segunda exposição, seu amigo ainda não é Annie Leibovitz. Não sei o que me passou pela cabeça, provavelmente uma inundação de líquido tricolor, sim, uma reação química, linha azul, sobre linha vermelha, depois linha branca. Boom. Se comprar, tiro meu fio dental e te dou como bônus. O quê? Aqui, agora? Na frente de todo mundo? Sim, sim, você compra a série e, em troca da fatura, te dou meu fio dental. Não, não, não, você não vai fazer isso, impossível. Sim, sim, vou fazer, e, se não está acreditando, é só fazer uma coisa, me trazer a fatura. Ele dá uma risada nervosa, com o ricto do jogador de pôquer, morde o lábio. Você paga, você vê, simples assim. Ele olha à sua volta, tenta imaginar a cena, dá uma gargalhada. Eu sempre poderia revendê-lo a um russo exilado em Londres. Não sei bem por quê, mas os oligarcas gostam de comprar bandeira estrelada, provavelmente têm a impressão de estar dando uma banana para Putin. Embora 45 mil dólares seja caro por uma banana. 60 mil dólares, querido, não estou dando esmola. Ele passa a língua nos dentes, bate palmas, aplaude-se, vendido! Abre caminho na multidão, vai até Agatha, conversa, a expressão do galerista se ilumina, mesuras, mãos se esfregam, braço incitador aponta para o caixa, pagamento, faturamento. A música parece cada vez mais alta. De volta, Vince desdobra a fatura, mostra-a para mim, enfia-a por baixo da alça do meu sutiã e estende a mão com um sorriso de tubarão. Faço meu fio dental deslizar pelas minhas coxas, ele me resvala pelas panturrilhas, me apoio no ombro de Vince para me desvencilhar dos saltos. Estou nua. Eu me inclino para pegá-lo e coloco-o na mão dele, com ar malicioso. A música para. *God bless America!* Agatha Christik se apossou do microfone do DJ. A música recomeça. Boom Bass. A multidão escande Deus abençoe a América! Yeah.

23

Meu pequeno número encantou os jornalistas presentes. Nas páginas de cultura de um jornal, a foto em preto e branco que ilustra a matéria me mostra subindo no Porsche de Vince, que, risonho, segura a porta para mim. Uma faixa preta cobre-me as nádegas. Se não fosse essa foto, eu não me lembraria da cena. Também não me lembro de ter anunciado aos jornalistas que me entrevistavam que seria a futura ganhadora do Concurso. Está entre aspas na matéria. Ao que tudo indica eu disse, está anotado, está escrito, está gravado. Cá estamos. Uma embriaguez tricolor transformou meu objetivo pessoal em imperativo público. Há até um jornalista que pensa que tudo aquilo estava preparado, que fazia parte do plano de divulgação, acha um plano habilidoso, termina a matéria com uma expressão em francês. *Bien joué*.

Alec está contrariado, sem saber muito bem como reagir. Vendi sua obra, mas o eclipsei. As matérias falam do artista, de sua série, mas é o modelo que as ilustra. É a bunda do modelo que ocupa todo o espaço. E ele não está muito feliz com o fato de uma bunda lhe ter roubado o brilho. Compreende-se. Ele tem a polidez de não me culpar, prefere acusar a imprensa que enxerga os detalhes e não o essencial. Na internet, há até uma foto de Vince que o apresenta como o artista. Todo mundo estava de fogo, diz Agatha para confortá-lo. Vou ligar para o site para corrigir isso e depois vou tentar conseguir uma entrevista com você para oficializar sua inclusão entre os grandes. Que noitada, crianças, tenho medo de me entediar nas próximas vernissagens, nunca vi isso na vida! Que ambiente maluco. Aquela bunda nos salvou a vida, Alec, você deveria comemorar em vez de fechar a cara. É meu amuleto, nunca vou esquecê-lo, ele disse, dando-me uma palmada nas nádegas. E me passa meus 5 mil dólares. Conseguimos.

Olhando a foto no jornal, lembro que no carro Vince me devolveu o fio dental. Provavelmente também me passou um pulôver dele, que amarrei com seu cinto, pois foi assim que me vi ao acordar na minha cama, no dia seguinte ao meio-dia. A continuação da noitada pertence a uma caixa de lembranças desconjuntada. Lembro-me também de um terraço de discoteca, de um vento doce e forte que me dava a impressão de dançar entre lençóis de seda, dos penachos de palmeiras que dançavam ao ritmo da música eletrônica, das cores pastel que cintilavam, dos coquetéis fluorescentes, do pó no banheiro, das risadas estúpidas, das garrafas cheias, dos amigos por toda parte, depois das garrafas vazias, e da total ausência de amigos. Sozinha na calçada esperando um táxi e procurando Vince.

Em frente da galeria, enquanto Agatha e Alec reinventam sua noitada, sou tomada por um turbilhão de melancolia e reinvento minha vida. Pois é. Duas palavrinhas simples que tornam tudo complicado. E se eu tivesse ficado no colégio, e se não tivesse fugido, e se tivesse ficado com John, e se tivesse seguido a trajetória que tinha traçado para mim, e se tudo não tivesse entrado em parafuso. Logo eu estaria formada, seria parte de um casal, seria outra pessoa. Não estaria aqui, não seria o reflexo que a vitrine da galeria me mostra, não seria isto.

Deixo para trás as celebrações e os risos pastosos, afasto-me do circo do qual fui a atração por uma noitada. Caminho, ainda bem que estou com um nó na garganta, senão teria vomitado as tripas. Teria me vomitado, teria vomitado o que sou, uma poça de ácido no asfalto, liquidificado a mulher das palmeiras. Passo diante de uma galeria, na vitrine, Audrey Hepburn, reinventada pela milésima vez, me confronta com seu ar vivaz, seu coque e sua piteira. A artista, em falta de originalidade, mergulhou-a no meio de nuvens multicoloridas. Nem todo mundo é Andy Warhol. De tanto encará-la, tenho a ilusão de que está piscando para mim e fico boquiaberta vendo-a piscar cada vez mais depressa. Depois meus olhos executam um zoom para trás e vejo meu rosto colado sobre o dela. Passei de Audrey Hepburn a Eminem. É pouco dizer que uma coisa virou merda. Entro na galeria. 500 dólares. É uma trapaça. Tiro uma parte do meu cachê e vou embora com a tela debaixo do braço. O círculo fechou. Volto para casa com meu ex-modelo debaixo do braço. A elegância e a delicadeza levados pelo sósia feminino de um rapper.

O apartamento está escuro e desolador, Audrey Hepburn lhe devolve um pouco de luz e vitalidade. No romance de Capote, Holly Golightly continua sua vida, indiferente aos elementos externos, completamente ao contrário de mim. Cada acontecimento me empurrou um pouco mais para longe. Em *Ma vie d'écrivain*, Capote compara a escrita a uma ficha de controle de temperatura, com seus altos e baixos, seus ciclos perfeitamente definidos. Naquele momento da minha vida, posso dizer que o termômetro enlouquecia. Sentada no chão, eu estava com hipotermia relembrando a febre da véspera.

Talvez estivesse na hora de quebrar o termômetro e passar para outra coisa.

24

Minha janela dá para a rua; na calçada em frente, encontra-se um contêiner de lixo, e um artista grafitou um imenso flamingo cor-de-rosa no muro. Seu bico parece ciscar os dejetos. Os lixeiros entram no jogo e sempre colocam o contêiner embaixo do bico da ave. Todas as manhãs, tomo café diante daquele flamingo cor-de-rosa. Alguns andares acima, eu teria vista para o mar, o azul infinito. No térreo, a vista é para o lixo ou para o flamingo cor-de-rosa. Conforme o humor do dia, eu me concentro em um dos dois. O que vejo de manhã geralmente determina o dia que vou passar. Aquele dia, eu gostaria de ver o flamingo cor-de-rosa, mas os odores da lixeira me impedem. Concentro-me para ver só a ave, mas os eflúvios são fortes demais. Corto a pera em dois. O flamingo cor-de-rosa cheira à morte. Digo a mim mesma que um dia seria preciso recortar aquele pedaço de muro, levar embora os contêiners de lixo e expor tudo na Art Basel, talvez desse certo, nunca se sabe.

Algumas bebedeiras têm superpoderes. A da véspera, além de me impor um futuro, também havia ressuscitado os fantasmas do passado. É assim que se diz, não é? Um espectro que se apresentou sob forma de toc-toc à porta do meu apartamento. Um toc-toc anônimo e inocente. Depois uma voz que o é menos.

Lá está ele, envergonhado. O Valete deu com uma foto minha e se achou Colombo. Sua pesquisa mostrou-se muito simples, foi à galeria e pediu meu endereço a Agatha, que o deu. Resolvido, trabalhou bem o Valete. Caso encerrado? Não exatamente. Ele reencontrou a desaparecida. Próxima etapa, fazê-la mudar de ideia, fazê-la voltar para casa e à razão. Abri a porta de short e sutiã. Ele abriu a boca ao descobrir o corpo de sua filha, seu queixo literalmente se deslocou, um personagem de cartum.

Naquele momento, eu estava de fato começando a ter dúvidas sobre meus projetos. Ver meu objetivo exposto na imprensa tinha me abalado, uma espécie de tontura. As fotos do meu corpo nos jornais me incomodaram. Era aquilo mesmo que eu queria fazer da minha vida?

Com Harry Kowalski, um dia eu tinha comentado o depoimento de um cara que tentara suicídio saltando do alto de um hotel. O toldo do terraço lhe salvara a vida, amortecendo a queda, e depois ele deslizara pelo toldo como por um escorregador, para aterrissar na rua. O título da matéria era: *Eu me arrependi assim que me joguei.* Havia uma foto do prédio, um hotel art déco, creio que o Carlyle, e ao lado o rosto desfocado do sobrevivente. Minhas nádegas também estavam desfocadas, é um sinal. Provavelmente a imprensa, por decência, desfoca alguns arrependimentos. Francamente, já não lembro por que eu tinha escolhido aquela matéria e não outra. Talvez na época achasse estranho que fosse possível alguém querer morrer pulando de um edifício tão bonito. É um raciocínio bobo, mas imagino que, aos nove anos, foi isso que me chamou a atenção. Sim, claro, é possível querer se suicidar saltando de um belo prédio art déco. É possível cortar as veias dentro de uma banheira de ouro, é possível se lançar contra um muro com uma Ferrari. Sim, é possível uma pessoa, mesmo que pareça favorecida, querer acabar com a própria vida. Aos nove anos levantamos questões bobas. Sim, é possível alguém querer deformar um corpo tão bonito, eu já tinha começado. Com meus treinos, tinha subido no telhado do prédio, minha transformação tinha me aproximado da beirada, eu tinha até encarado o vazio. É isso, o Concurso era o passo que me faria cair na grande luz branca final. Naquele momento eu já não tinha certeza de querer dar o grande salto. Antes mesmo de saltar, estava convencida de que me arrependeria. Não é só aos nove anos que se levantam questões bobas.

Não se fala com fantasma. O Valete lançou mão de todos os códigos da dramaturgia para o reencontro: emoção, tentativa de discussão, explosão. Abro a porta, então. Choque frontal, ele olha para mim, oh, meu Deus Elizabeth, querida, o que deu em você? O que fez com seus cabelos? Seus cabelos tão lindos. Ele me toma nos braços e me aperta, fico de braços caídos. Ele me solta, recua um pouco e me toma o rosto entre as mãos, olha-me nos olhos. Não, não é possível, você não pode fazer isso, voz entrecortada, olhar de cão salsicha abandonado na chuva. Não respondo. Ele geme, se recompõe, olha por cima do meu ombro, é aqui que você mora? Faz uma cara horrorizada, neste... pardieiro. Recua mais um passo e examina meu corpo da cabeça aos pés, qual é o problema? Olhe para você. Veja só que desastre. Você se olha no espelho de vez em quando? O que será que te fizeram para você se transformar... nisso! Diante do meu silêncio, ele continua. E, depois, quem é essa gente que você anda frequentando? Aquelas pessoas nas fotos dos jornais são seus amigos? Não foi assim que te criamos. Com certeza não somos perfeitos, mas nada justifica você ter sumido de repente para fazer sei lá o quê. Meu silêncio o exaspera, ele sobe o tom. Sua mãe ficou louca quando viu as fotos. Louca, está entendendo? Se você queria machucá-la, conseguiu! Ao ler a matéria, ela se lamentava: fiz tudo por ela, e ela prefere andar por aí com um jovem bicha decadente e um Bob Marley despigmentado. Pela primeira vez eu reajo, sorrio, sua munição não acabou. Está achando graça? Pois que gente é aquela? O rasta ainda passa, mas o cara vestido de velha, o que é aquilo? Qual é a sua com aqueles degenerados? E você ainda se exibe nas revistas com aquela gente! Sua mãe já nem tem coragem de aparecer no clube de leitura, de medo que venham falar disso com ela. Duas amigas dela telefonaram para saber se era mesmo você que estava nua na calçada, subindo num Porsche como uma puta à toa! Uma puta, está ouvindo! Uma puta fisiculturista, é demais!

Não se responde para fantasma.

É isso. O Valete passa da minha imagem para a deles. Como sempre. Sim, minha filha é a primeira princesa, ganhou um modelador de cachos, temos tanto orgulho dela, sabia. Como é bonita, verdadeira princesa de conto de fadas, cabe dizer que lhe demos tudo. Nós a vestimos, penteamos, maquiamos, até a rebocamos. Aliás, miniatura de quem eu poderia parecer, de sutiã postiço? cílios postiços? saltos de verdade? batom vermelho nos lábios, sombra nos olhos? O que eu tinha por baixo daqueles babados? Não era um fio dental tamanho dez anos? O que eu podia parecer com a mão no quadril, seduzindo os velhos imbecis do júri? Fazendo-a deslizar pelo meu corpo de criança, me rebolando? Dando piscadelas e jogando beijos para o ar? Você será a puta que decidimos que seria; em troca do seu físico, do seu charme, vai receber um presente. Se for bem-comportada, dócil e *fizer o que dissemos*, vai receber uma recompensa. Além de parecer uma putinha, sempre havia uma puta mais bonita do que eu, que era sempre a segunda ou a terceira selecionada. Nem tinha como ser uma puta de luxo, não eram para mim os hotéis cinco estrelas. É isso, eu era uma puta de rua, meu lugar era ao pé do pódio, no chão. E foram meus pais que me puseram nesse lugar. Não levou troféu nenhum hoje, a culpa é sua, menina incompetente, não seduziu o suficiente, puta incompetente. Finalmente, as fotos nos jornais eram minha vitória, eu subia no pódio com dez anos de atraso. Foram o Valete e a Rainha-mãe que me ensinaram a usar meu corpo para obter uma recompensa. Mesuras na passarela? Presente. Tirar meu fio dental? Prêmio.

Está me ouvindo? Sua mãe anda de um lado para outro no apartamento, você a está destruindo, dá para entender? Reaja, Elizabeth, fale comigo, diga alguma coisa. Imagino a Rainha-mãe choramingando afundada nos travesseiros e sinto um sorriso estirar-se no meu rosto, quanto mais penso, mais ele se alarga. É incontrolável, meu sorriso parece crescer ao infinito. Ela está machucada? Está sofrendo? Meus lábios vão explodir, minhas bochechas vão rachar. Não pode ser, você está completamente maluca, está achando graça? Você está drogada, Elizabeth? É isso, você se droga? Sim sim, minha droga é a vingança, não custa nada, é de graça, e quando faz efeito é o nirvana.

Vim te buscar, você tem casa, uma casa de verdade! Arrume suas coisas, vou te levar. Ele quer entrar, tenta me tirar da frente. Só que sentir sua pata horrível no meu braço me fez perder a cabeça. Só que, não sei o que me deu, eu o repeli, eu o empurrei violentamente. Ele pareceu surpreso com a força do empurrão. Pois é, idiota, não reparou, eu faço musculação. Mas ele é homem, tem *cojones*. E seus *cojones* determinam que ele não admita ser destratado por seja lá quem for, por sua filha, por uma mulher. Pai, homem, rival, a fábrica de testosterona está a pleno vapor. Não é o único, não tenho *cojones*, mas tenho as veias cheias de testosterona. Ele volta à carga trazendo no olhar a certeza de me dar uma surra. Eu decido, você executa, ele disse algo assim. Putinha, acrescentou. Eu o empurrei, atravessamos a rua. Colei-o ao muro entre as duas lixeiras. Depositei-o no meio do lixo, bem debaixo do bico do flamingo cor-de-rosa.

Querendo me salvar, o Valete me lançou no vazio. É bem ele. Subiu no telhado, como no cinema, aproximou-se devagarinho com os braços estendidos. Vocês já notaram que nos filmes os salvadores estendem os braços mesmo que estejam a vinte metros de quem vai saltar, como se tivessem braços telescópicos? Ele se aproximou. Suplicou, argumentou, se irritou e, querendo me segurar, empurrou-me para o vazio. Um salto como aquele é uma bomba de fragmentação que acarreta a destruição de tudo à sua volta antes mesmo de atingir seu objetivo. Detonado, o Valete. Reduzida a pó, a Rainha-mãe.

25

Alec é dessas pessoas que acreditam nas forças do espírito, em bola de cristal, linhas da mão, tarô, vodu haitiano, dança da chuva e tudo o mais. De certo modo, ele acaba de ganhar na loteria com sua exposição e gasta uma fortuna para perguntar se a sorte vai continuar lhe sorrindo. Bobagem ou magia negra, vai saber.

Estou esperando na Ocean Drive, diante da vitrine mais estranha de Miami. Os três macacos da sabedoria, de madeira, anunciam a enganação. Não ver a trapaça, não ouvir a verdade, não falar da realidade. Nada mais do que isso, é um programa. O interior do estabelecimento se assemelha ao de um palácio de ditador asiático ou simplesmente à casa de Michael Jackson. Duas imensas poltronas marrons com douraduras, separadas por uma mesa de madeira em que estão entronizados objetos esotéricos, entre os quais um porta-retratos com a foto da palma de uma mão. Vou levar cinco. Combinado, amigo! Vai dar tudo certo. Ah, mas que belas cédulas estou vendo nessa mão, deixe-me pegá-las, pois por baixo, veja só, estão as linhas da sua vida e a garantia de ganhar a minha. A luz do lustre cria um ambiente de conto de fadas, iluminando levemente uma grande tapeçaria mural. Uma cena de batalha da antiguidade, na Itália ou na França. Há todos os matizes de marrom e de dourado, o ambiente é empoeirado, e no fundo há um espelho luminoso no qual neons multicoloridos desenham uma palmeira e o nome do estabelecimento: South Beach Psychic. Psychic é sublinhado por ondas azuis cintilantes. É mais ou menos como se um episódio de *Miami Vice* tivesse sido filmado no castelo de Versalhes, algo desse tipo, credibilidade zero. É o brechó do futuro radioso.

Mas Alec sai de lá em pânico. Entrega-me um colar ridículo. Põe isso já. Ai, o que é esse troço, não vou usar isso. É pena do quê? Muito sério, ele responde que é uma pena de urubu negro, um talismã que afasta maldições. Espera aí, urubu negro não é um abutre, uma ave carniceira? Obrigada pela mensagem, uma pena de devorador de cadáveres para dar sorte, podiam ter inventado outra coisa, uma pomba, por exemplo. Não é para dar sorte, nada a ver, é para afastar o azar. Achei que fosse a mesma coisa, use você mesmo esse troço, é você que acredita nessas bobagens, não eu. Ponha isso, estou mandando, ele fica nervoso. Ela me anunciou um drama, alguém próximo de mim vai ser arrasado. Ele tenta pôr o colar no meu pescoço. Caio na gargalhada, mas, meu pobre coitado, a única mágica que aconteceu nessa farsa foi o sumiço da sua grana. É sua carteira que vai ser arrasada. Isso eu também sou capaz de anunciar, enxergo o futuro muito claramente. Os olhos semicerrados, com uma bola imaginária nas mãos. Sabe, se continuar a 600 dólares por consulta, depois de umas vinte visitas a essa espelunca você estará completamente arruinado, arruinado, arruinado. Vou pôr esse troço, não por causa do futuro, mas para te agradar e principalmente para você me dar sossego. Com ânimo muito melhor, ele afaga a pena entre meus seios com ar compenetrado. Ah, convenhamos, ela tem mesmo um dom, ela te enfeitiçou, você agora gosta de peitos, virou hétero. South Beach Psychic muda as sexualidades. Um colarzinho, uma pena grande e, milagre, o menino está se interessando por meninas. Essa bruxa é capaz de fazer fortuna com os pais contrariados.

Ele sorri e logo fica sério. Vê se abandona seu projeto, Elizabeth, esse seu esquema não rima com nada, você pode muito bem voltar a estudar, nunca é tarde demais. Isso me assusta, todos esses produtos que você se injeta, é perigoso. S-sim, não é mais perigoso do que o pó que você mete pelo nariz com seu namorado. Só que você tem a ilusão de que seu cérebro dilata, ao passo que meu corpo, esse dilata de verdade. Não estou brincando, Elizabeth, compreendi muito bem que você quisesse destruir sua mãe e todos os seus disparates de vingança grotesca. Mas é você que está se destruindo. Seu pai disse que ela já virou um trapo, você conseguiu, agora passa para outra. Ok, eu gasto fortunas para saber meu futuro, mas você, você se destrói para reconstruir seu passado. Uau, rasta branco, virou filósofo agora. Pode-se modificar o futuro, mas não se pode mudar o passado, quanto você cobra pela aula?

Essa não, você se ouviu, Princesa? Está ouvindo sua voz? Parece o Exterminador! É por causa dos meus refluxos gástricos. É claro, e quando você estiver com pelo no queixo vai invocar a idade avançada? Por favor, Elizabeth, larga essa bobagem, parte pra outra. Podemos trabalhar juntos em outro projeto, vamos pensar em alguma coisa. Sim sim, rasta branco, não se preocupe comigo.

No entanto, ele tinha tudo para saber que a musculação podia se tornar um vício. Só que ele tinha me iniciado.

Era a primeira vez que se via um passador de droga tentar chamar seu cliente à razão. Uma noite, tínhamos visto um documentário no qual pessoas tatuadas da cabeça aos pés falavam da vontade incontrolável de fazer mais. Mal saíam do tatuador, com a pele machucada, queimada, e já pensavam na próxima sessão, nos futuros desenhos, na próxima porção de pele a ser ornamentada. Principalmente, todas evocavam a endorfina e a adrenalina secretada pela dor, a sensação de bem-estar ao sair do estúdio depois de quatro horas de tortura. O que são os fisiculturistas senão tatuados sem tinta? Desenhamos os relevos que desejamos mostrar no nosso corpo. Selecionamos a parte que queremos ver inflar, então a torturamos e esperamos que se torne saliente, visível, primeiro para nós, em seguida para os outros. Como é difícil ter domínio total sobre nossa vida, e disso eu sei um pouco, é reconfortante sentir que temos controle total sobre nosso corpo. Decidimos, escolhemos os aparelhos, agimos, obtemos o resultado desejado e depois o observamos, admiramos. E, tal como no caso da tatuagem, é então que surge o problema. As partes do corpo tatuadas ou estimuladas revelam cruamente as que não o são. Então nos dedicamos a outro músculo, a outra porção de pele e assim por diante. A vantagem, ou desvantagem, da tatuagem em relação à musculação é que ela tem um limite: quando o tatuado já não tem espaço livre na pele, quando seu crânio raspado é tatuado, quando seus dedos do pé estão cobertos de algarismos romanos, quando ele tem um dragão nas costas, as pálpebras coloridas, acabou-se. O fisiculturista pode continuar, pode desenvolver os músculos e ao mesmo tempo estirar a pele, estendê-la. Quando sai do estúdio do tatuador, o tatuado pensa na próxima tatuagem; quando sai da academia, o fisiculturista pensa na próxima sessão. No documentário, um participante dizia que os tatuados ao extremo eram como que deficientes voluntários. Na época não entendi muito bem o significado disso. Agora entendo melhor. A maioria das pessoas considera os deficientes com constrangimento, como se um acidente os tivesse posto à margem da humanidade. Se há programas para inseri-los na sociedade, é porque a sociedade os enxerga de maneira diferente, não os aceita naturalmente. É estúpido, é triste, mas é assim. Esses programas existem para mudar o modo de enxergá-los, para fazê-los entrar no padrão da normalidade. Tudo está no olhar. Dois olhos que se fixam em alguém e que não veem da mesma maneira um indivíduo válido e outro em cadeira de rodas. As sessões de tatuagem e de musculação mudam radicalmente a maneira como as pessoas te enxergam. Você faz parte da humanidade, mesmo assim fica um pouco de lado, não completamente, há curiosidade e constrangimento. Quando eu era minimiss, também me olhavam com curiosidade, mas sobretudo com inveja. Agora não mais. Eu me deformei voluntariamente, saí do molde porque nele me sentia muito apertada, tornou-se pequeno demais para mim, mesmo que eu quisesse não conseguiria entrar nele de novo, o molde se desadaptou. Ou talvez tenha sido eu.

Por enquanto ainda não abandonei totalmente o campo da estética. Sou uma mulher musculosa, certamente muito mais que outras, porém, se eu esconder as pernas e os braços, vocês não verão nada, ou não muita coisa: ombros mais largos, pescoço um pouco mais robusto que o das mulheres em geral. Quando me inscrevi no Concurso, passei duas horas vendo as categorias e as campeãs que as ilustravam. O Concurso é o último a oferecer a categoria mais extrema. Nos anos noventa, a maioria das federações abandonou esse nível de competição para apresentar apenas modelos que mantinham a feminilidade. Há algo fascinante entre essas campeãs. Passei horas observando-as na internet, em fotos, em vídeos. Elas alcançaram tal nível de transformação que seu rosto parece ter sido cortado e colado no corpo de outra, parece uma montagem.

Como ilustrar simplesmente as diferentes categorias do Concurso para quem não conhece ou para quem tem preguiça de consultar a internet? Encontrei uma imagem, a de uma disputa de braço de ferro por um casal, comentada por seu filho.

Primeira categoria:	*Bikini*. Papai derruba o braço da mamãe na mesa.
Segunda categoria:	*Fitness*. Mamãe resiste, mas papai ganha.
Terceira categoria:	*Figure*. Mamãe bate o braço do papai na mesa.
Quarta categoria:	*Bodybuilding*. Mamãe arranca o braço do papai e vai embora com ele.

A evolução de uma categoria para outra acarreta o desaparecimento gradual do peito. *Bikini*, o sutiã fica cheio e os músculos ligeiramente desenhados. *Bodybuilding*, o sutiã fica vazio e os músculos transbordam. Eu já podia pretender a terceira categoria, sem problemas, e talvez fosse esse o problema. Era simples demais, pouco demais, não o suficiente. *Bodybuilding*, validei a inscrição, como provavelmente ocorre quando se compra algo grande, fora do orçamento, com a sensação de estar fazendo uma besteira excitante e extraordinária.

Olhei, consultei, analisei e cliquei na inscrição. Concurso, lá vou eu.

26

Hoje, para tudo é preciso ter um *coach*. Um *coach* para comer, um *coach* para emagrecer, um *coach* para trabalhar, até há *coachs* para fazer sexo e para educar os filhos. Em 1957, em Porto Príncipe não havia *coach*, no entanto meus pais tiveram sete filhos, que não se saíram mal. Dois são advogados, um é xerife e um é banqueiro, tudo isso sem *coach*. Quanto a mim, satisfaço as necessidades dessa sociedade de assistidos, por isso me tornei *coach*, para oferecer bom senso a meus clientes em troca do dinheiro deles. Mas posso te dizer, minha querida, que seus 5 mil dólares não lhe dão direito a muito bom senso. Com isso posso te dar treino por três meses, não mais, o bom senso custa caro, sabe. Você me passa o dinheiro, eu te dou umas broncas, te explico a vida, você me obedece e ganha o Concurso.

Passei três semanas procurando um treinador, topei com uns dez clones que falavam de energia boa, ondas boas, de Encontro com E maiúsculo. Eu não precisava de um médium, mas de um treinador. A conversa com César não foi boa de jeito nenhum, em parte foi por isso que resolvi confiar meu corpo a ele.

Antes eu era treinador de boxe, formei campeões, ganhei competições e dinheiro, mas desde que escrevi *coach* na placa estou nadando em ouro. É incrível, antes as pessoas tapavam o nariz ao entrar na minha salinha miserável, agora abrem seus chacras. Autêntica! Acham minha salinha autêntica. Todos esperam ver Rocky Balboa sair do vestiário. Um dia vou trazer o Stallone, por nada, só para me divertir. Eu o encontrei há trinta anos, sabia disso? Não, não. Pois é verdade, ele veio aqui. Preciso chamá-lo de novo, já imaginou a cena? Stallone sai do vestiário, meus clientes têm um chilique, e está garantida uma chuva de dinheiro, César coberto de ouro!

Bom, com o que você se pica? Nada, com nada, eu treino, como proteínas, só isso. Ah é? Ah tá, essa agora, só come frango e treina bastante e muito muito pesado, é isso? Sim, é isso, também tomo suplementos. É preciso olhar os rótulos das embalagens de carne, sabia, é importante. Ah é, por quê? Bah, porque você está inchando, minha querida, é preciso apresentar queixa contra a loja que vende seu frango porque, claramente, com os braços que você tem, faz anos que anda comendo coxas de dragão, é isso aí, está devorando dragão sem saber. É bom, dragão? É uma carne branca, não é? Com o que você tempera seu dragão? Pois eu como dragão flambado e tempero com orelhas de idiotazinhas como você. Ele me puxa a orelha, desse jeito vai arrancá-la. Não queira me fazer de bobo, ele se aproxima e berra na minha orelha. Não queira me fazer de bobo, está ouvindo? Tenho 129 de QI, sou quase um gênio. Ok ok, me larga, vou parar de comer dragão, prometo. Ele me larga. Ah, faça o que quiser, coma o que quiser, injete o que quiser, não estou nem aí, só não queira me fazer de bobo, nunca. Estamos na América, se quer mandar enxertar as orelhas nas tetas, não estou nem aí, é por isso que adoro este país mais do que tudo, a liberdade é sagrada. Por outro lado, está registrado na Constituição, vigésima oitava emenda: nunca faça César de bobo e tudo estará bem. Está na Constituição. Você me ouviu?

Você é um doente! Vi numa reportagem na televisão que 70% dos serial killers tinham QI alto, você é um psicopata. Quase me arrancou a orelha. E você, se continuar assim, tem 100% de probabilidade de levar minha mão na sua cara. Não se bate em mulher. Ah é? Então vem cá. Não não, tudo bem, dou um passo para trás. Vem cá estou dizendo, não vou te tocar. Pronto, vire-se, assim. Pois bem, está vendo, de costas, homem ou mulher, não tem diferença, meu advogado sempre poderá alegar mal-entendido, eu poderia até prestar queixa contra você por mercadoria enganosa. Já se viram processos mais grotescos. Meu advogado porá milhões em jogo, você estará arruinada pela vida toda e jamais ganhará seu concurso! Ele ri. Bom, vamos lá, três meses de treino por 6 mil dólares, recebo já, sem blá-blá-blá, sem desconto. Fico com 20% do que você ganhar se vencer o concurso, quanto é isso sobre 80 mil dólares? O gênio é você, não eu. Ok. Combinado.

Ele fede a grapefruit, masca chiclete de grapefruit o dia inteiro. Aproxima-se de mim para me motivar e me lança no nariz o azedume e o amargor de seu perdigoto. Digo esse troço seu fede, não quer escolher outro sabor, morango, menta, sei lá, maracujá, alguma coisa que cheire bem? Você não gosta de grapefruit? A menininha não gosta de grapefruit, ele diz a um público imaginário. Às seis da manhã a sala está vazia, mas quando ele fala dirige-se a um público. Pois bem ela vai beber grapefruit todas as manhãs. Não, não, de jeito nenhum, tudo menos isso!

Ele se aproxima de mim, escancara a boca e me assopra o rosto. Acostume-se, o chefe sou eu e o chefe quer te fazer beber litros de suco de grapefruit e, como o chefe é bonzinho, ele mesmo vai espremer sem pôr açúcar para você sentir o amargor, vai te despertar. Ele fala de si na terceira pessoa, quando me solicita alguma coisa difícil, faz o outro ele falar. É minha técnica, a ordem vem de cima, é divina, sou apenas o porta-voz de uma força superior. Ele tem duas risadas. Uma risada franca, que lhe explode da garganta e inunda o recinto. E outra risada mais furtiva que estala aos solavancos, uma espécie de som de gafanhoto. Ele ri o tempo todo e depois dá bronca.

Já vi muitos negros alisarem o cabelo, no entanto é raro ver brancos querendo ter cabelo de negro. O que seu amigo aprontou? É provocação? Estava achando a vida simples demais e adotou cabelos impenteáveis? Qual é a dele? Solidariedade, inconsciência ou gozação? Ei você, quando vier aqui, faça a gentileza de pôr um gorro, tá? Você me perturba com esse cabelo. Vem de gorro, senta no banco lá do fundo, fica olhando e não abre a boca. Quando eu disser à minha irmã do interior que vi um branco com dreads, ela vai cair da cadeira, pois ela passa duas horas por semana no cabeleireiro para alisar os cabelos. E ele mete um bastão de dinamite nos dele, assim, para ficar legal. Ei, cara, você não é legal, sabia? Só é bobo.

Alec passa todas as noites, na minha última hora de treino, para me ver, me estimular e levar bronca do César. É um jogo entre eles, que Alec sempre perde. Você parece mesmo um poste, não quer fazer alguma coisa que preste e varrer os vestiários, que gentileza, obrigado. E Alec sai arrastando os pés e vai varrer os vestiários. Quer brincar de ser negro, então vai ser negro de verdade. Quando cheguei à América, por três anos fui varredor em Tampa, assim é a vida de um negro recém-chegado. Não é só o cabelo, companheiro, cabelo é legaaal, a vassoura é bem menos. Eu era tratado como um merda, e sabe de uma coisa? Não é legaaal ser tratado como um merda. Agora sou eu que trato meus clientes como uns merdas, eles gostam, e até sou pago para fazer isso, que vida de louco!

Entre duas ordens, César fala de sua vida. Nunca se sabe se o que ele conta é verdade, pois sempre termina suas histórias repetindo: que vida de louco. Cheguei de Porto Príncipe na semana em que Ted Bundy foi preso. Fascinante, aquele cara, passei dias lendo os jornais, que país lindo, porra, os psicopatas parecem supergentis, quando um pai de família branco sorria para mim, eu o imaginava me cortando em pedaços, eu tinha medo de todo mundo. E nos chamam de selvagens! Que porra de vida de louco.

Levanta para mim esse cotonete, traciona, respira e levanta. Se não consegue levantar um cotonete, não posso fazer nada por você, pobre menina. Os cotonetes são os halteres que ele me põe nas mãos. Fala tanto disso que à noite, nos meus pesadelos, eu levanto cotonetes cada vez maiores. Acordo angustiada, ele transformou aqueles pequenos objetos corriqueiros em tortura dos meus dias e das minhas noites. E levanto meu corpo, e levanto biscoitos, e traciono pesos, e passo a vida à mercê dos cotonetes. Respira, traciona, respira, traciona, respira, puxa, respira, puxa! Que vida de louco.

Mas se há algo peculiar no clube de César é o recinto a que ele deu o nome de Infinitness. Fala nele se empertigando, em tom confidencial. O jogo de palavras é uma nulidade, mas a ideia é brilhante. Para ele, é a encarnação de seu gênio. Não deixa de ter razão, é bem pensado e terrivelmente eficaz. Infinitness é a galeria dos espelhos do fisiculturismo, o Versalhes da musculação. Infinitness é um pequeno recinto de oito metros quadrados coberto de espelhos, nas paredes, no chão, no teto. Ele colou duas faixas de espuma no chão, para colocar as mãos e os pés. O resto é reflexo ao infinito.

Há sempre duas passagens em Infinitness. No início da sessão, para ver que você não está suficientemente musculosa, e no fim, para constatar que você não trabalhou o suficiente. É a sala da frustração. Ora, veja só este músculo, você o abandonou, coitado, está todo mole. Compare-o com os outros, ele zomba, este músculo está ridículo, é o músculo da vergonha. Sabe o que vai ter de fazer amanhã? Pois bem, amanhã você vai trabalhar de verdade, entendeu, acabaram-se as férias. Quer dizer, para mim tanto faz, não tenho em vista nenhum concurso, mas para quem quer ganhar um troféu, é lamentável fazer tão pouco. Está ouvindo? Trabalho, sabe o que é isso? Veja os reflexos, sua ociosidade multiplicada ao infinito. Sabe o que estou vendo nesses espelhos? Uma merda ao infinito. Uma merda ao infinito, estou dizendo.

Não quero lhe dar essa alegria, então espero sair da sala para chorar. Só chorei uma vez na frente dele, isso nunca mais se repetiu.

27

César não é o único a contar sua vida de louco. Às vezes faço isso também. Duas horas de manhã, uma hora à noite, isso cria laços. Ele sempre me ouve com atenção, às vezes chega até a se condoer. Mas sempre acaba dando risada.

Ele se encanta com minha história de minimiss. Ah, essa não, eu sabia que isso existia, mas nunca imaginei que encontraria uma minimiss. Ele é pior do que meu ex-psi, pois fica o tempo todo fazendo troça. Faz sempre as mesmas perguntas, mas em vez de um murmúrio, de um suspiro, ele cai na gargalhada. Bendita seja a América, que país genial, fiz bem em vir morar aqui! Maquiar crianças e colocá-las numa passarela, quem imaginaria uma coisa dessas! Depois, inclinando a cabeça de lado com voz doce: então, minha querida, queremos vingança, é isso, não estamos de acordo, maquiagem não é legal, queremos machucar o papai e a mamãe? Muito bem, muito bem, vingança, ódio são bons motivadores, então você vai começar a desforra levantando as porras dos seus cotonetes, ao trabalho.

No Haiti, cresci numa casa onde havia um único livro, *O Conde de Monte Cristo,* conhece? Sim, sim, estudei na escola, adorei. Ah, então você sabe que não é só o nome de um charuto. É menos boba do que a média. E sabia que Dumas era de origem haitiana? Não, não sabia.

Retiro o que acabei de dizer, você é tão boba quanto a média. Ninguém te ensinou isso na escola? Você lê o romance de um autor e não te dizem a origem dele? Fala a verdade, seu professor pelo menos não contou que Alexandre Dumas era americano? Os americanos são mestres em se apropriar de tudo. Não, não, acho que ele é francês. Sim, francês, é isso. Li esse livro em francês durante toda a minha juventude. Sabe que em Cuba liam esse texto para os trabalhadores enquanto eles confeccionavam os charutos? É por isso que os melhores charutos do mundo se chamam Monte Cristo. E depois nos chamam de selvagens! Ele ri, só nas Caraíbas é que se lê literatura para os trabalhadores. Pois é, veja só, está me fazendo pensar no conde de Monte Cristo com essa sua vingancinha de longo curso. Você é uma minicondessa de Monte Cristo, aliás vou te chamar de Condessa. É melhor do que Princesa, não é? Enfim, não sei, talvez não seja. Nas corridas já apostei numa égua chamada Condessa, ela ganhou e enchi o bolso. Esse título me dá sorte. César apoia um joelho no chão: quer ser minha égua, Condessa? Ele ri de novo e eu também.

Sabe do que gosto em você? Você é sincera, não faz teatro. Quando cheguei aqui, em meados do século passado, adoro dizer isso, tenho a impressão de ser estadunidense desde sempre, cheira a velhas raízes, sabe? Em suma, quando cheguei aqui no século passado, constatei que os nativos eram, como dizer, atores sinceros, sempre se tem a impressão de que fazem tempestade em copo d'água, é teatral mas não é fingimento, eles são assim. Aqui somos todos assim, eu também, às vezes digo, ei cara seu hambúrguer está genial! Gênio num sanduíche… No entanto, eu já disse isso, e até várias vezes. Entusiasmar-se ao extremo por coisinhas do cotidiano, isso é mágico. Por isso gosto da América, às vezes tenho a impressão de estar num desenho animado. Outro dia, quando minha vizinha viu que eu tinha aparado o gramado, ela falou de um jeito como se eu tivesse salvado uma criança de um naufrágio. Seu sorriso, suas mãos juntas, seu tom de voz, sua benevolência, eu era um herói, um puta herói, aquilo me fez bem, entende? Dou risada, tenho um monte de exemplos, entendo muito bem.

Mas às vezes a sinceridade crua não machuca. E você, Condessa, não esconde nada, vive tudo até a medula, não é dissimulada. Eu vejo, às vezes você tem vontade de me matar, pois é, vejo a morte nos seus olhos. É por isso que está aqui, você tem senso de justiça e de injustiça e quer acertar as contas, quer fazer os culpados pagarem. Você se destrói para destruir seus pais, é bonito como Monte Cristo, é forte como He-Man e é completamente idiota. Sente o entusiasmo, Condessa? Pois é, porra, eu não gostaria de estar no lugar deles!

Aliás, qual é o lugar deles? Naquela época, na verdade já não penso neles; falo neles, mas já não me obcecam, quer dizer, não tanto. O Concurso me ocupa todo o espírito, quero ganhar, ponto-final. Por mim, contra eles, enfim pouco importa. Quero aquele primeiro lugar, quero subir, quero mostrar, quero ganhar. O prêmio de 80 mil dólares vai me permitir recomeçar a vida. Não, vou refazer a frase: o prêmio me permitirá começar a vida, simplesmente. O prêmio vai varrer meu passado. Varrição, lata de lixo fechada, lixeira, limpeza total. Preciso desse prêmio para respirar. Puxa, respira, puxa, respira, César grita, nunca uma ordem fez tanto sentido. Respiro, ganho e puxo o carro. Respira e puxa o carro.

Minhas conversas com César me fazem ter consciência do que eu sabia há muito tempo. Alec tentava me fazer mudar de ideia invocando a razão com voz trêmula, eu não queria entender. César mostra o absurdo do meu raciocínio gritando comigo e zombando de mim, isso penetra mais facilmente. Eu funciono à base da violência, é assim, não é sinal de inteligência, mas é assim, questão de natureza.

E portanto, para ganhar, é preciso ser musculosa. Muito bem. Para ser mais musculosa que as outras, é preciso treinar, sim sim. Mas para ter certeza de ganhar é preciso trapacear. Então injeto em mim produtos mágicos, pois meu baú do tesouro não tem só frascos, uma seringa, desinfetante e algodão, não não, tem mais do que isso. Naquela arca há 80 mil dólares, o butim. E debaixo do butim, no fundo duplo da arca, estão a liberdade e uma vida nova. É só pensar nisso com muita força.

28

Sempre fui pontual quando trabalhava para os outros, agora sou o patrão, senhor dos relógios, sabia? Tique-taque, tique-taque, faço o que quero, passei da idade de ser pontual, então acalme-se, vá se trocar e tudo vai dar certo. Pela quinta vez César chega atrasado, muito atrasado. Ele me faz o mesmo discurso pela quinta vez. O Concurso está próximo, então sua fala sobre o senhor do tempo, que no início me fazia rir, já não tem graça nenhuma para mim. Afinal eu te pago, tudo isso está me custando caro, é um contrato entre nós, posso até fazer flexões na rua, mas se for assim quero que devolva meu dinheiro. Ok, ok, acalme-se, Condessa. Deixei as chaves no *diner* aqui em frente. Aberto vinte e quatro horas por dia, sete dias por semana, fale em meu nome, Paco te entrega o molho de chaves e você treina quando quiser. Porra, é a primeira vez que dou as chaves do meu palácio, tudo isso por você, só por você, então faça o favor de ganhar e depois vazar do pedaço. Você está começando a me dar nos nervos. Entra no Infinitness, quero te ouvir sofrer, quero que você se veja levando pancada, não vai te fazer mal sofrer um pouco.

Ah, pelo menos quando está fazendo flexões você cala a boca. Ele está no umbral da porta. É assim que gosto de você, em silêncio, suada, fazendo careta. Riso de gafanhoto.

Acha que sua vida me interessa? Não estou nem aí pra sua vida. Veja só, está sofrendo infinitamente no meio desses bilhões de espelhos, só eu posso te oferecer isso, sua cara infinitamente deformada. Sabe de uma coisa, você precisa escrever isso, sua vida, as pessoas adoram essas coisas, ler as desgraças dos outros, dá tesão ver o que os outros padeceram. *Elizabeth Vernn ao infinito*, é esse o título das suas memórias, de minimiss a minimonstro. Coitadinha, papai mamãe malvados comigo, então faço vingança em mim. Eu, toda musculosa, já não sou nem um pouco bonita. Sim, eu era bonita demais, era esse meu problema, entenderam. Oh, mas o caso é grave, quer falar nisso. Sim sim, escrevi um livro para contar tudo. Fascinante, vou comprá-lo, vai me fazer variar de Alexandre Dumas.

Todas as suas zombarias me enervam, faço flexões cada vez mais depressa, minhas mãos úmidas escorregam na espuma e me arrebento contra o espelho, estouro o lábio contra aquela porra de reflexo, dei uma cabeçada violenta. Narciso, conhece? Inclinou-se demais, Condessa, e caiu! De novo aquela risada de gafanhoto. Vou esmagar esse inseto. Dou um pulo, jogo-o contra a porta. Apoio o antebraço na garganta dele, aperto, aperto. Ele dá um risinho e para de zombar. Pensa que não te vi outro dia falando sozinho na sua sala de maluco? Sim, você fala sozinho andando em círculos no seu palácio de espelhos. Também não estou nem aí pra sua vida, acha mesmo que sua vida de imigrante sofrido me interessa? Não estou nem aí, mas você também precisa escrevê-la, tem público para isso. *César e seus espelhos*, hein, o que acha do meu título? O que acha? Cada um com suas merdas, César, cada um com seus espelhos, entendeu? Então, o que acha? Ele já não consegue falar, mas sorri, me manda um beijo no focinho.

Relaxo, ele massageia a garganta, tosse e ri. Acho que trabalhamos bastante seus bíceps e tríceps, vamos passar para outros músculos, por hoje chega de flexões.

Voltando para casa, continuo remoendo as zombarias de César. Bonita demais é uma maldição estúpida. Como se explica isso. No entanto não sou a única que levou pancada por ser favorecida pela vida. É a síndrome Macaulay Culkin ou Drew Barrymore, ricos demais, famosos demais, jovens demais. Eles entraram em parafuso por serem favorecidos demais. Isso fascina as pessoas, mas, quanto a compaixão e empatia, esquece. No colégio, nos deliciávamos com as peripécias da vida de Macaulay, não tínhamos pena dele, passou de ídolo a motivo de chacota, assim, em alguns meses, num estalo. Mamãe, estraguei minha vida, coitadinho, de menino bonito e limpinho a adolescente drogado. Eu me lembro de uma antiga foto dele numa revista. *Enfants stars, adolescents cafards* [Crianças estrelas, adolescentes deprimidos], era esse o título da matéria. Ele aparecia de terno e gravata, charuto longo entre os dedos. Quando pequena, eu queria me casar com ele, alguns anos depois teria me recusado até a falar com ele, de tanto que me dava pena. Não conseguimos nem lamentar essas pessoas. Primeiro despertam ilusões e depois decepcionam, sua ascensão é vista com inveja e ciúme, seu declínio, com alegria e perversidade. Bonitos demais, ricos demais, famosos demais, jovens demais. Só que eu. Só que eu era bonita demais, porém desconhecida e pobre.

Pobre, enfim, não totalmente. Pensando bem, afinal fui eu que paguei minha escola com as porras daqueles comerciais. Dezoito mil dólares por ano não são os milhões de Drew Barrymore, no entanto ganho a vida desde os sete anos e, como no caso dela, foram meus pais que embolsaram o dinheiro. Não usei cocaína aos doze anos mas, como ela, fui intoxicada pela vaidade, é a mais violenta das drogas, o olhar dos outros. Cocaína inala-se longe dos olhares; purpurina inala-se no banheiro, não é preciso dizer mais nada. A vaidade é inalada nos pódios; nas bandejas, ópio. As pessoas veem você se drogar e você sorri e você ri e as pessoas te aplaudem, felizes, o público é a droga e o traficante ao mesmo tempo. Brilhante. Depois o público vai embora, te esquece, e chega a carência e te faz entrar em parafuso. Agradar, deixar de agradar, desagradar. Bingo.

29

Courtney tem oito anos, não somos da mesma geração, mas eu poderia ter cruzado com ela. Courtney tem muita sorte, pois a mãe quer fazer dela uma estrela, não é pouca coisa ter esse destino, tão jovem. Que coisa boa, a fama, ser conhecida e reconhecida. Então a mãe a inscreveu em concursos de minimiss. Alegre-se, Courtney, você tem o melhor pela frente. Comporte-se, ouça sua mãe, *faça como dissemos* e tudo vai dar certo. Ao contrário de mim, Courtney apareceu na televisão. Pequeno privilégio, vá lá. A televisão, já imaginou, Courtney? O salto à frente, a televisão é o impulso final, você está num foguete, Courtney, agarre-se, vai chacoalhar. Você realmente tem sorte em ter uma mãe tão eficaz, ela descolou um documentário só para você, em início de carreira isso é uma bênção. Ao contrário de mim, você não terá de esperar até mostrar a bunda nos jornais para ficar famosa. Aos oito anos sua carinha deu a volta ao mundo, seu vídeo está legendado em todas as línguas. Jornalistas do mundo todo sentaram-se diante de suas telas com uma canequinha de café fumegante para relatar sua história magnífica.

Vai lá, entrega sua história, Courtney, não seja tímida. Não? Não consegue? Vou fazê-lo por você, estou começando a ter experiência. Então pronto, vou começar. Sua mãe convocou um canal de televisão para contar que ela te injetava Botox para fazer sumir suas rugas, que imaginamos muitas e profundas. De fato, por que ficar à espreita do surgimento das rugas já que é possível combatê-las sem ter de esperar? A essa altura, poderíamos aconselhar sua mãe a já fazer você se submeter a uma quimioterapia para lutar contra seu futuro câncer. A antecipação, afinal, é um sinal de prudência e de inteligência. E quanto à inteligência podemos confiar na sua mãe, ela tem intimidade com o gênio. Lá estão vocês diante da apresentadora do programa, em se tratando de Botox, conhece perfeitamente o assunto, uma profissional que testou o produto para saber do que está falando, uma espécie de jornalismo imersivo, algo assim. Dirige-se a vocês com olhos de coruja e uma voz tão doce que, de fato, dá vontade de confessar os pecados. Ela quer compreender, é jornalista, compreender o mundo é seu ofício, faz isso o dia todo. Então você conta das suas injeções, diz onde sua mãe dá a picada. A primeira vez foi no seu aniversário, há presentes como esse que não dá para esquecer, sei bem como é. Veem-se imagens passando na tela. Aqui você está com uma agulha enfiada na testa. Ali com um saco de gelo na bochecha para suavizar a epiderme. Sua mãe assume, está orgulhosa, era preciso, não havia escolha, era indispensável, como dizia a minha. Bom, ela também confessa depilar suas pernas, um clássico, pensa na hipótese de uma intervenção mamária, é o de menos, pois você vai se tornar uma superstar, Courtney. Estrela do quê? Ainda não se sabe, mas você está sendo preparada, nada deve ser deixado ao acaso. Uma mãe como essa é um presente, Courtney, com uma linda fita e um laço enorme na cabeça. Depois, para que a reportagem fosse completa, era necessária a opinião de um psi. Eles sempre estão por perto. O psi não acha aquilo certo, não é certo de jeito nenhum. É errado, ele é categórico, quanto a isso não há dúvida, não se deve fazer isso. Fazer sumir rugas que não existem não adianta nada e, além do mais, pode acarretar danos psicológicos. Iupi, esse psi também é um gênio!

Mas, como nos cartuns, o presente continha uma armadilha. É sempre muito engraçado o momento em que o embrulho explode, todas as crianças dão risada. Sua mãe era uma bomba, cara Courtney. Você nem teve tempo de desatar o laço que ela explodiu na sua cara. Bum. Fim de jogo? Na verdade não, e é então que a coisa complica, pois é apenas o começo. Você está num campo minado, cara Courtney, vai ser explosão por todo lado e você não consegue se proteger, você faz parte do plano, também é uma bomba. Você mentiu, falou bobagem na televisão. Pois toda essa história é falsa. Bum, de novo! Para ficar *famosa* e ganhar dinheiro, sua mãe inventou a história do Botox. Por 10 mil dólares e uma exclusividade na televisão, ela orquestrou um conto de fadas sórdido. E, para o sucesso do golpe do século, dessa fraude de alto nível, ela precisava de uma cúmplice. Associou você ao plano maquiavélico, e você entrou no esquema, fez tudo conforme ela disse. Mentiu diante do mundo inteiro. Não tem vergonha, Courtney? Seus pais nunca disseram que é feio mentir? Enfim, seja como for, aos oito anos deve-se ter livre-arbítrio, consciência, decência, coisas do tipo. Suponhamos que sua mãe quisesse assaltar um banco, você faria? Responda, Courtney, vamos!

Nem sempre se é recompensada por ser uma menina obediente. Enfim, na sua desgraça, você teve um pouco de sorte, pois foi tirada da sua mãe. Agora a assistência social vai cuidar de você. É sua sorte, você apareceu na televisão, ficou famosa e agora está sozinha, protegida das bombas e das loucuras da sua mãe. Passou dos quinze minutos de fama aos quinze minutos de indignidade. Bum bum bum! Feliz aniversário, Courtney. Você e eu nascemos no mesmo dia, o dia de santa Absurdez, por isso é feriado, encontra-se num lugar qualquer do calendário, é imprevisível e faz da nossa vida uma imensa balbúrdia. Hoje é meu aniversário e estou soprando minhas velinhas por você, Courtney. Logo também vou aparecer na televisão.

Vamos dar a palavra à defesa, isso mesmo, ora, sua mãe tem o direito de se justificar. Certamente seus motivos foram mal interpretados, deve haver algum sentido oculto nessa atitude maluca. Acusada, levante-se, o que tem a dizer em sua defesa? "Toda essa dor e esse esforço trarão a Courtney um proveito infinito. Quando ela for uma superstar ganhando milhões, agradecerá o que fiz por ela." Bah.

É meu aniversário, eu ia encontrar Alec e Gordon no restaurante para tomar um champanhe. Depois resolvi ficar em casa. Baixei as persianas, abri meu computador e, na cama, passei horas vendo programas sobre as minimisses. No começo achei graça, francamente, é hilariante ver todos aqueles pais querendo o melhor para a filha. É a frase deles, quero o melhor para ela. Trata-se de um enorme mal-entendido. Eles são sinceros. Dão seus depoimentos com voz trêmula, olhos úmidos e, na cabeça, a certeza de estar abrindo uma porta maravilhosa para o futuro da filha. Pouco importa que a porta dê num abismo, eles são galantes, por favor querida vá na frente, mesura, lagrimazinha de orgulho, você vai ganhar. Merda, ela caiu.

Papai mamãe malvados com você, César me dissera, você querer se vingar, acrescentara num tom de criança contrariada. Essas frases entraram e ficaram girando na minha cabeça o dia todo, como roupa suja na máquina de lavar, sem querer parar. Às vezes eu as pronunciava em voz alta. Tinha a impressão de ser uma porra de uma retardada. Então dei com a história de Courtney. E aí já não achei graça nenhuma. Vi a queda de Courtney ao vivo na televisão. Degringolou sorrindo, sem se dar conta, nada poderia acontecer, sua mãe estava ali, ao lado, ela estava protegida. Pequena silhueta desaparecendo no grande vazio, nem se ouviu o corpo bater no fundo, não há fundo, é provável que ela ainda esteja pairando no grande qualquer coisa no momento em que estou escrevendo estas linhas. A máquina de lavar se encheu de lama e merda. Continua girando. Lavando roupa suja em público, é essa a expressão? Este caderno é minha grande lavagem de roupa. Cuidado, vai espumar, a máquina vai explodir. Bum.

30

Ei, olhe para você! Sou um puta mágico. Não acredito nos meus olhos. Está reconhecendo a menina que entrou pela minha porta há três meses? Pois eu não estou. É o bronzeado, César. Sim sim eu sei, não sou idiota, sei que é o autobronzeador, mesmo assim estou emocionado, está vendo a emoção nos meus olhos? É a primeira vez que treino uma mulher, o resultado é... não, olhe só para você!

Faltam-lhe palavras. A mim também. Senti um imenso mal-estar quando ele começou a aplicar o bronzeador com luvas de plástico, a aplicá-lo na minha pele. Eu me vi de novo na banheira, com minha mãe e o rolinho dela. É uma brincadeira, ela dizia, veja como é engraçado. Era tão engraçado que estou rindo até agora. Um riso que vem de longe. Mamãe, olhe para mim! Viu que engraçado?

Alec me rodeia com a máquina fotográfica, em pé, de joelhos, em cima da cadeira, ele me metralha, cada flash é uma agressão, impede que eu me concentre, que enxergue o que tenho diante dos olhos. Esse produto se propõe transformar a pessoa em estátua de bronze. Em vinte minutos me transformei de ser humano em peça de museu, sou uma super-heroína. Para, Alec! Por favor, me dá dois minutos para respirar. Mas ele continua, não está nem aí. César ri como gafanhoto, todos aqueles ruídos parasitas me dão nos nervos, estou com a cabeça girando, a boca seca. Depois de ter tomado cinco litros de água por dia, só tive direito a um copo, tenho de secar, minha língua está grudada no céu da boca.

Cheguei. Quase cheguei. De certo modo, vou subir no ringue de novo. Tenho a impressão de estar sinalizando um *comeback,* como num filme, o perdedor voltando com fúria nas entranhas. A vingança no sangue. Embora no meu caso a vingança esteja diluída com anabolizantes. Enviei um folheto aos meus pais. Não tenho ilusões, certamente vão fingir que não entenderam. Meu convite vai acabar no lixo. A Rainha-mãe vai ranger os dentes, o Valete vai rodeá-la curvando a espinha, contando alguma bobagem para distraí-la. Afinal, pouco importa. Eles me verão nos jornais ou na televisão. Na semana passada fui até a Federação para confirmar minha inscrição. Éramos umas doze na fila. Tive a oportunidade de observar à vontade as forças concorrentes. Não é para me gabar, eu as domino, vou derrubá-las, vou superá-las, vou ganhar.

A garota te pediu para dar um tempo, dá para entender? Ei, artista, guarda essa câmera senão vou enfiá-la no seu cu. Uh, mas isso é homofobia, isso não se faz, é feio, Ah, sim, é verdade, me desculpe, mas nesse caso você está assediando uma mulher, é sexismo, punido por lei, e está desrespeitando a vontade de um negro, é racismo, está encrencado, cara, os demônios do inferno vão cair em cima de você! Então, quer ter a gentileza de guardar sua linda máquina fotográfica em sua capa magnífica, por favor, não querendo te ofender, claro. Alec recusa, ela vai me agradecer quando receber o cachê da próxima série, estou com uma ideia, Elizabeth diz pra ele, por favor. Não digo nada, estou tentando me concentrar e não consigo. Clique claque, clique claque, clique claque, minha cabeça está estalando. Qual é, tem cérebro debaixo desse gorro? César avança para Alec, que foge correndo. Vem aqui! Eles correm em torno dos aparelhos como crianças. Rodopiam, gritam, dão risada e eu fico tonta.

Estou vendo estrelas. Não as boas, aquelas dos contos de fada bobos. Não, pontos brancos se formam nas minhas retinas, meteoritos que disparam para o espelho, pisco os olhos, nada. Pior, os pontinhos se transformam em manchas disformes e cinzas. Meu coração dispara, meu reflexo me arrebata. Ele me dá náusea, fico com vontade de vomitar. Minha boca já não está seca, está inundada, tenho gêiseres de saliva, começo a babar. Alec se refugiou na galeria dos espelhos e César esmurra a porta. Mas é na porra do meu crânio que ele está batendo, está me espancando, eu cambaleio. Sai daí senão arrombo a porta! Alec zomba. Suas risadinhas agudas tornam-se ecos graves. Tento chegar ao espelho para me segurar, minha perna não responde. Eu manco, transpiro, estou respingando, me deformo no espelho, me cristalizo, sou de bronze. Quanto mais me aproximo do meu reflexo, mais vou me esvaindo, estou coberta de estrelas, sou uma princesa, me dissolvo. Balbucio, socorro, que esporro, assim eu morro… César continua me batendo na cabeça com um martelo, a risada de Alec me perfura o tímpano. Explodo. Desmorono. Estendo o braço para o espelho, meu reflexo estende o dele, a porra daquele reflexo nem é capaz de me ajudar. Cinza, preto, o grande branco.

31

A porta se abre, então, dormiu bem? Sua voz é suave. Ela se aproxima e senta na beira da cama. Acaricia meus cabelos delicadamente. Como você está esta manhã, meu bebê? Eu me agito. Calma, calma.

Calma? O que estou lhes contando não é uma lembrança de infância, tenho dezenove anos, não sou o bebê dela, sou uma adulta. Uma veiazinha estourou no seu cérebro, disse o médico com voz reconfortante. Uma veiazinha estourou e seu corpo todo se abateu. Ah, é, doutor? E quais são as sequelas, por favor? Um grande salto para trás. Você vai voltar a morar na casa de seus pais. Vai depender deles. Num primeiro momento, não vai poder fazer nada sem a ajuda deles. Eles serão suas muletas. Vão alimentá-la, sustentá-la, vesti-la, vão amá-la. Tem consciência da sua sorte? Será o bebê deles, mais uma vez. Vai poder começar tudo de novo, partir do zero.

Claro que o médico não disse isso. Não, ele disse o seguinte: com todos os produtos que se injetou, você pôs sua vida em perigo. Acabou com sua saúde. Teve um comportamento irresponsável. Tem sorte de ter pais que vão cuidar de você. Então não consigo falar, me agito, sons me saem pela boca, é uma pasta. Sei o que quero dizer, sim, porém não consigo. Então me agito, me crispo, quero gritar. Calma, meu bebê. Tenho vontade de morrer. Calma.

Onde são colocadas as estátuas? Num museu. Ok. É lá que estou. Eu era a última peça que faltava na coleção. Estou na minha cama de criança e, ao meu redor, estão minhas condecorações, minhas faixas, minhas taças, minhas medalhas, ao meu redor há dezenas de eu. Falta manutenção ao museu, é meu quarto de criança com uma disposição diferente, num lugar diferente e principalmente com poeira por todo lado. Uma volta ao que passou, uma volta ao que se pulverizou. Tudo o que fiz, tudo o que vivi desapareceu. Sou uma princesa em sua cama de criança. Cada foto é um espelho. Posso me olhar, não mudei. Diante de mim, eu me vejo. Num cavalete, uma grande moldura dourada e, no centro, meu reflexo. Numa cadeira, sentada de lado, estou de coroa. Lembro-me muito bem daquele dia. Estávamos no fotógrafo da Rainha-mãe. Precisávamos de uma foto oficial. A passagem do amador ao profissional. A Rainha-mãe já tinha resvalado para a loucura. Eu não me dava conta, não queria, mas já era isso. Percebe-se na foto que alguma coisa começa a degringolar. Ela pagara uma fortuna por aquele vestido cor-de-rosa que eu detestara. Esta foto é seu currículo, ela dizia. É indispensável, acrescentara. Ela tinha brigado com o fotógrafo, a sessão devia durar meia hora, tinha durado duas horas. Ao ver a foto, ainda ouço o fotógrafo respirar fundo, por favor, senhora, vá fumar lá fora, aqui tem fumaça demais. E ainda ouço minha mãe me recomendar dignidade, que eu sorrisse mas não demais, que me mantivesse ereta mas relaxada, que fosse profissional mas natural, e ainda vejo minha mãe acender mais um cigarro mexendo a cabeça nervosamente, Parkinson passageiro. Lembro muito bem porque foi ontem. Não me mexi, não posso me mexer, sou uma estátua.

O que estou fazendo aqui? A pergunta é sempre a mesma. A estátua na cama a faz, a princesa da foto a faz, eu a faço. Há perguntas como essa que parecem nunca pretenderem encontrar resposta. Uma porra de ponto de interrogação que se cola em nós como um enorme chiclete cor-de-rosa e grudento. Essa pergunta é o traço de união entre mim e a foto. Concentração, concentração, somos duas, vamos acabar encontrando uma resposta, só que não, lábios cerrados, olhar perdido, o enigma continuará intacto. No entanto, quanto mais me encaro, mais tenho consciência de que há alguma coisa no meu olhar. Sim, é isso, há alguma coisa dizendo que não vou desistir, que não vou desistir de vocês, tudo isso se pagará, algo assim. Princesa rebelde, não sou apenas bonita, tenho determinada ideia da liberdade, só me deixem provar. Tenham paciência, vocês vão ver, vou mandar tudo para os ares. A resposta está aí. No fundo dos meus olhos, nesta foto, está toda a história que acabo de lhes contar. Meus olhos não estavam mentindo, o olhar não engana. Meus olhos são uma bola de cristal.

Não me lembro de ela algum dia me ter chamado de meu bebê. Talvez eu esteja enganada, lembro-me de Princesa, eu era seu projeto, mas não seu bebê. Com certeza eu era muito pequena, minhas lembranças não remontam a tão longe. Não me lembro de vê-la tão terna e doce, disso tenho certeza. Exigente, distante, ambiciosa, nervosa, intransigente, sim, mas terna e doce não não.

O que ela está querendo? Recomeçar do zero? Tudo se apagou, folha em branco, nova chance, partimos de bases erradas, deixem-me recuperar meu bebê. Vou ajudá-la a se levantar, quer ir ao banheiro? Estou aqui, estou aqui para você, apoie-se no meu ombro. É um puta pesadelo. Qual é afinal? Ela vai me salvar, é isso? Calma.

32

Alguém pichou a palavra *tristeza* durante a noite. É uma letra atabalhoada, de cor preta irregular, como se tivessem escrito a carvão. Minha cama fica encostada à janela, e dela avisto uma palmeira desfolhada, carros e uma loja de luminárias. Em cima da pequena vitrine, a placa de neon com a palavra *Multicolor* pisca, pisca, pisca e desde esta manhã é precedida por uma tristeza sombria e infinita. Palmeira descabelada e desfigurada como eu, *tristeza Multicolor*, combinação melancólica, depressão estética, abjeta perfeição.

Meus pais também são perfeitos, irrepreensíveis. É exatamente esse o problema. Espero a frase, a palavra, o olhar que finalmente me permita acender o pavio do que quer explodir dentro de mim. Quero explodir na cara deles, quero esguichar neles o ácido que circula nas minhas veias. Isso não acontece, então espero. Tenha paciência, eles não mudaram, só se disfarçaram de pais normais e amorosos, vestiram suas fantasias, estão representando um papel. Na cozinha, devem ensaiar em voz baixa as bobagens que vão me dizer em voz alta aqui, sentados na cama com um copo de suco de laranja feito na hora e a mão nos meus cabelos. Não precisam expressar nada além de banalidades e gentilezas, já que meu estado lhes dá razão. Bah, ora bolas, voltei como cachorrinho bonzinho, reencontrei o caminho da casinha, sozinha, como uma menina grande. Nem foi preciso colar papeizinhos nos postes para anunciar meu desaparecimento, a filhinha encontrou o caminho de casa. Quanto à razão, ela vai recuperar à custa de sorrisos e carinhos na bochecha.

Enquanto espero, ouço vozes. No fundo do corredor, ouço frases como esta: ela não deve ser incomodada, está muito cansada, tudo bem, não mais de dez minutos, e dez segundos depois a porta se abre. Alec entra no quarto. Mas isto é um mausoléu! Se é para gozar da minha cara, pode dar meia-volta e se mandar. Ok, ok, me desculpe, é que eu não esperava por isso. Eu também não, mas a gente se acostuma, você vai ver. Ele senta na cama e começa a acariciar meus cabelos. Para com isso, já! Ele se assusta, depois com voz suave, você fez a gente passar um cagaço, não é possível, como está agora? Não dá para falar de jeito normal, que voz é essa? Não estou moribunda, vou sair dessa, estou melhorando. Sim, estou vendo! Então por que essa voz, hein? Essa porra de voz doce me dá nos nervos. Estou contente em te ver de novo, Elizabeth. Eu também, vocês me salvaram, acho, ainda bem que me levaram na hora para o hospital, eu poderia ter morrido. É, pois é, também não havia muitas outras saídas, você estava deitada no meio do vômito, não dava pra te levar ao cinema. Sorrio, eu queria simplesmente te dizer obrigada, meu amigo. De nada, é natural. Aliás, viu só, a vidente tinha razão naquilo... você foi mesmo fulminada, veja como essas coisas funcionam! Devia ter me ouvido, bem que eu tinha avisado. Não se aproveite da minha fragilidade para me impingir suas besteiras, usei o talismã da sua bruxa e acabei numa maca, ela que enfie aquela pena no lugar em que estou pensando e faça com ela a dança da chuva. Seja como for, não estou nem aí para a meteorologia agora, trancada neste museu, cercada por todas essas meninas sorridentes e débeis. Elas me dão vontade de morrer, não tenho nenhum jeito de ir embora.

Aliás... Alec hesita, preciso te falar de mais uma coisa, mas não sei se posso, talvez seja muito cedo. Vai, fala. Ok, promete que não vai ficar brava? Sim sim, vai, seja como for não estou em condições de fazer coisa nenhuma, mesmo que eu quisesse te dar uma surra não poderia. Mesmo assim ele se levanta e toma distância. Então é o seguinte, quando você teve seu... seu mal-estar, e enquanto César falava com você e começava a te erguer, eu, como dizer, tirei algumas fotos, enfim sabe, eu te fotografei enquanto... Enquanto eu agonizava, é isso que está querendo dizer? Sinto muito, foi mais forte do que eu, já estava com a máquina na mão. César estava cuidando de você, entende, então apertei o botão três vezes, como um reflexo, uma coisa assim. Sinto muito de verdade, está brava comigo? Não não, eu esperava coisa pior, você podia ter me violentado e filmado a cena, por exemplo, enfim, no caso você só violentou minha dignidade, é diferente, tudo bem. Ele tosse, enrubesce e limpa a garganta, caramba eu devia ter calado a boca, me desculpe. Bom, e como ficaram essas fotos? Fortes, potentes, incríveis! Por isso quis falar com você, pensando no assunto com Agatha, que aliás te mandou um beijo, tivemos uma ideia. Como você perdeu seu concurso e está, como dizer... na merda, é assim que se diz, afogada num mar de merda. Sim sim, é isso, como você está nessa situação e não vai receber o dinheiro do concurso, pensamos em fazer uma série para uma exposição, uma série que terminaria com as fotos da sua agonia, sabe como é? Sim sim, sei perfeitamente, vocês querem ganhar dinheiro com minha explosão, encher os bolsos com fotos minhas nadando no meu vômito, genial, obrigada, meus amigos! Pois bem justamente não, o que queremos fazer, sim, é uma exposição cujos benefícios serão revertidos para você, uma espécie de vernissagem beneficente, percebe, vende-se a série e você fica com tudo, um pouco de dinheiro para te ajudar, para te tirar daqui, deste monte de merda. É muita gentileza, mas quem vai se interessar por uma mulher de corpo esculpido morrendo numa academia? Vince, que já fez uma proposta pela ideia, e também Miguel, lembra-se de Miguel? Está esperando para ver o resultado, pode ser que agrade a seus clientes, ele adorou o conceito. A série começa com César te aplicando bronzeador, seu corpo se bronzeando gradualmente, os músculos aparecendo, se revelando, uma parte do corpo de bronze outra de mármore, essa é a ideia. Depois a estátua se olhando, o reflexo olhando para a estátua e a estátua caindo, como que desmontada. Repito, a estátua desmontada… e qual o título? *Flórida,* vamos chamá-la de *Flórida*. O título é péssimo, eu já disse. Sim, mas como sua história é uma merda, combina maravilhosamente. Tudo bem, *Flórida*.

Não sei o que dizer, estou comovida, então choro. Soluço. Alec fica constrangido, vira o rosto e vê minhas fotos na parede, vejo seus ombros estremecerem, ele funga. Parecemos bobos, não acha? Não, não, parecemos dois amigos que se amam, só isso. Alec? O quê? Venha aqui, por favor, sente-se ao meu lado e acaricie meus cabelos.

33

Então este corpo, este invólucro, tornou-se de fato um peso morto. De tanto querer dominá-lo, perdi parcialmente seu uso. Ele só obedece pela metade. Já não quer fazer o que digo, se arrasta, tem má vontade, é um rebelde indecente. Tem dificuldade em aceitar se levantar, se desloca com lentidão. Se a conexão entre ele e minha mente estivesse totalmente restabelecida, eu já estaria correndo pelas ruas de Miami, pelas estradas dos Estados Unidos, pulando por cima dos rios, atravessando oceanos de um salto. Só que não, este corpo está bloqueado na porra deste museu, vigiado por dois guardas de voz doce.

O Valete quase nunca entra no meu quarto, como se tivesse medo de mim. Abre a porta, pergunta como estou, se preciso de alguma coisa. Como de costume, ele não serve para nada. Queria que eu voltasse para casa, assim se fez. Percebo que, de certo modo, ele sempre ficou na soleira da porta. Há pessoas assim, que nunca se envolvem completamente, que dão uma passada para mostrar que existem, que estão ali. Nos sábados de manhã, quando saíamos para aqueles concursos idiotas, ele ficava na moldura da porta. Na volta, a mesma coisa. Não é um pai de família, é um porteiro, um valete. Autêntico.

A Rainha-mãe lamenta. Sua voz o diz, seu olhar o diz. É interessante. E o que ela lamenta, exatamente? Quando abro os olhos, vejo-a em pé, segurando uma foto, que ela me mostra, lembra-se desse dia? Sim sim, como poderia esquecer, estava esperando para subir na passarela e você veio me buscar, ou seja, me puxar pela mão e fomos embora correndo, você me dizia depressa, depressa, fugimos, corremos até o carro, você ria nervosa. Nunca você quis me dizer por que tínhamos dado o fora daquele jeito, como ladras, no entanto era um concurso importante, se bem me lembro. Posso te dizer agora, havia aquele cara no júri, um loiro alto muito bronzeado, de maxilar enorme, dono de uma loja de modas, acho, ele não parava de olhar para mim, do tipo insistente. Encontrei-o na máquina de café, quis me oferecer um, deu-me a entender que podia nos ajudar. Então eu disse sim, com prazer, e sem nenhum constrangimento ele me convidou para segui-lo até o banheiro. Caí na gargalhada, ele sorria, o tipo do cara sem desconfiômetro. Eu disse que não me interessava, eu estava em choque, mas ele não se tocava, continuava sorrindo como se tudo fosse normal, como se estivesse tudo bem. Como se estivesse habituado a fazer aquilo, quem chupa ganha. Pôs a mão no meu braço e não sei o que me deu, joguei meu café quente na cara dele, ele deu um berro, eu nunca tinha ouvido um grito como aquele. Não havia ninguém no hall, deixei-o urrando atrás de mim, corri para o salão principal, empurrei todo mundo, encontrei você e te levei comigo, nós fugimos. Passei o maior cagaço da minha vida. Olha só, ele aparece de viés na foto, no fundo, ao lado do pódio. Ah, é esse? Acho que estou lembrando, era um ex-jogador de basquete profissional, já tínhamos encontrado com ele no ano anterior. Não acredito, dou risada, você queimou a cara dele? Ela também ri, o café tinha acabado de sair da máquina, estava fervendo, devo ter feito aquele machão sentir muita dor, mesmo. Você saiu dirigindo a toda, como se estivessem nos perseguindo, eu tinha a impressão de estarmos num filme de gângster, você olhava no retrovisor o tempo todo. Sim, é uma bobagem, mas eu tinha certeza de que ele ia nos perseguir, para se vingar ou algo assim. Pensando bem, é uma tolice, ele deve ter se escondido, voltado para casa, não tinha nenhuma razão para nos perseguir, só que com a adrenalina e o estresse eu achava que estivesse em todos os carros que vinham atrás de nós. Você repetia calma, querida, calma, ao passo que era você que estava completamente exasperada, eu estava supercalma, até procurei te acalmar te fazendo uma massagem nos ombros. Ah é, tinha me esquecido disso. Na volta, eu disse ao seu pai que a competição tinha sido cancelada por causa de uma invasão de piolhos! Lembro que ele tinha bebido todas, como sempre, não tinha visto nada, tentou dizer alguma coisa e foi para a sala ver televisão. Estou esperando até hoje que ele diga o que achou, disse mamãe, dando risada. Quando penso naquele cara, francamente, ele achava mesmo que eu estava disposta a tudo para fazer você ganhar.

Foi ali, com aquela frase, que nossa cumplicidade terminou. Não estava disposta a tudo? Com seu corpo, provavelmente não, melhor para ela, um pouco de dignidade pessoal, tudo bem, mas com o meu? Com meu corpo não havia limites. Eu não tinha idade para jogar café na cara de todos os que me espiaram, encararam, julgaram. Teria sido necessário todo o café da Guatemala para encharcar aqueles que sorriram para mim antes de me eliminar, que me deram um prêmio de consolação depois de me verem dar meu espetáculo para seduzi-los. Sim, mamãe, você estava disposta a tudo com meu corpo. Não deu sua boca àquele cara asqueroso, porém ofereceu sua filha a todos os jurados da Flórida! Balançou diante deles um pedaço de carne, na esperança de iscá-los. E depois daquela história sórdida do café, continuou a me mandar todos os fins de semana para aquela imundície! Eu me agito na cama, tento me erguer.

Sabe Elizabeth, eu lamento. Lamento que não tenha entendido nada. Eu te ofereci o melhor e você estragou tudo. Sacrifiquei minha vida por você, meus fins de semana, gastei fortunas por você. A esta altura, você seria atriz, talvez, trabalharia na televisão, seria modelo, não estaria aí, como uma mísera boneca inflável se esvaziando. Ora, olhe para você, não fui eu que te pus nesse estado! Perdeu tudo, sem possibilidade de ganhar nada, estragou tudo, nem foi capaz de ganhar seu concurso de musculação, você é uma fracassada. Lamento ter uma filha tão ingrata. Se pelo menos tivesse me ouvido, se não tivesse fugido de casa. Só que não, você só faz o que te dá na cabeça, uma egoistazinha.

Lamenta! Bom começo, não é? Não consigo respirar, estou sufocando, deslizo para fora da cama e a agarro pelo tornozelo, ela berra, se debate. Ela cambaleia, vou matá-la. Ela vacila, derrubo-a no chão e subo nela, rastejo para cima dela. O pescoço, vou agarrar o pescoço dela e apertá-lo com toda a força, quero ver seus olhos saírem das órbitas, quero ver as veias da cara dela inflarem e explodirem, como as minhas, quero que suas veias estourem. Aperto, ela esperneia, olho-a nos olhos, olhe para mim, olhe para mim enquanto te mato!

Sinto uma força nas minhas costas, mãos em volta do meu tronco. O imbecil atravessou a soleira da porta. O Valete me aparta, solto a Rainha-mãe, que está tossindo, sufocando, com o rosto escarlate, ela geme, essa fracassada quase me matou, me matou!

34

Caíram feito moscas. Quando acabaram de jantar eu os ouvi indo para o quarto. Nem tiraram a roupa. Estão ali, deitados de través na cama. Provaram do próprio veneno. E de fato envenenei o jantar deles com calmantes triturados, esmagados. E meus calmantes são superpotentes. Temperei a pizza deles com parmesão medicamentoso. Eles são meus, são minhas bonecas. Compraram sua tranquilidade pedindo ao médico que me sedasse. Calma, minha Princesa, vai ficar tudo bem. Só quis compartilhar meu tratamento com eles. Não é generosidade da minha parte?

É verdade, mamãe, se eu a tivesse ouvido, agora seria uma celebridade. Peço desculpas, vou me redimir. Vou alcançar a fama, você vai me ajudar, vamos subir juntos no pódio, os três no primeiro degrau. Haverá jornalistas, ou seja, vamos sair nos jornais. Quadro de família, todo o trabalho recompensado, é merecido.

Lá estão eles bem-instalados, eu os endireitei, os alinhei. Estão comportados como imagens. Parece até que estou vendo um sorriso no rosto da Rainha-mãe, ela deve saber que alguma coisa grandiosa está acontecendo. O Valete está de boca aberta, nenhuma dignidade, passando como sempre ao largo das coisas importantes.

Decididamente, há pessoas assim, que não entendem nada, nunca.

Eu os metralho. O quarto se ilumina ao ritmo dos flashes, a colcha é o tapete vermelho deles, estão posando, são estrelas. Estas fotos serão a prova suplementar de que premeditei tudo. Posei as mãos de cada um sobre seu peito, é a postura clássica para receber homenagens. Oh, obrigada, obrigada, vai direto ao meu coração. Não era preciso, é exagero. Sim sim, era preciso, sim, garanto.

Vou coroá-los, seu reinado está começando, será eterno. Peço desculpas, não tenho ouro para vocês, só achei plástico, vai resolver, vale a intenção. Uma coroa de plástico, uma princesa falsa, um quadro real. Pois vou subir no trono, sim, a vocação de uma princesa é um dia se tornar rainha. Fiz o combinado, obedeci, esperei bem-comportada, estou sendo recompensada.

A coroa é uma sacola de plástico, não me censurem, é mais prático. Então eis que chegou o grande momento. Cá estamos. Eu os coroo, suas cabeças são pesadas e dóceis; para ter a certeza de que fique bem firme, ofereço-lhes um colar de fita adesiva. De nada, é presente. E é agora que sua coroação começa de fato. Parece levar muito tempo, mas na verdade é muito breve. Há momentos que são assim, tão importantes que parecem durar uma eternidade. O plástico se move, infla, depois se cola ao rosto deles, o plástico respira, o plástico vive enquanto vocês morrem.

O Valete abriu os olhos, tarde demais, é a história de sua vida, é a história de sua morte. É o tempo de compreender, espernear, seus olhos se mantiveram abertos, vermelhos e vidrados para sempre. A Rainha-mãe nunca abrirá os olhos, há pessoas assim, que se agarram à sua verdade e nada, nada mesmo, conseguirá fazê-las mudar de opinião. Olhos fechados, verdade mantida. Espasmos, punhos cerrados, em silêncio ela marca um ritmo com os pés, ouve sua própria melodia, depois a música cessa, a dança acabou, seus punhos relaxam, seus dedos finos batem o compasso uma última vez. Para eles a sinfonia terminou. Para mim, está apenas começando.

Forte, potente, incrível! A morte deles será uma obra de arte. Não preciso tirar uma foto minha com eles, pois, sabem de uma coisa, eles dormiam com minha foto pendurada acima da cama. A foto do primeiro desfile, será então o começo e o fim. Minha carinha dominava a noite deles. Eu estava ali, princesa que nunca os deixou, sorridente, controlando seus sonhos, eu os protegia. Ainda era um belo projeto, tornei-me um terrível desgosto. Ao pé da cama, eu nos imortalizo, clique claque, o sonho está filmado. A Rainha-mãe e o Valete coroados e, acima, a Princesa fantasiada. Que título dar a essa foto? Seja como for, é a derradeira forma de arte, o último sacrifício, minha cotação vai levantar voo. Já ouço Agatha apresentar meu trabalho. Elizabeth Vernn deu sua vida, sua liberdade para nos oferecer sua verdade. Ah, sim, não vai ficar pedra sobre pedra.

Vou subir no trono. Uma cadeira grande de carvalho com correias para me amarrar. Mas é inútil. Não fiz tudo isso para fugir, fiquem tranquilos, vou continuar bem-comportada, lutei para chegar aqui, não há por que recuar, meu lugar é aqui, não vou me esquivar. Minha foto vai correr o mundo, serei observada, detestada, desprezada, adorada, celebrada. Minha vida será esmiuçada. Vocês, que me leem, essa história vocês já conhecem, bando de privilegiadinhos. Um parricida tem a manchete dos jornais garantida. Um parricida na Flórida é pena de morte garantida. A escolha das armas me será oferecida. Injeção ou eletricidade? Obrigada, já me piquei bastante, quero brilhar, quero luz, quero ser a luz, quero eletrizar as multidões, quero raios, quero flashes, no meu último concurso quero resplandecer. De roupa cor de laranja, vou fazer meu último desfile. No corredor da morte, vou me exibir, uma mão no quadril, a outra rodopiando, dizendo obrigada, obrigada, a fama é o objetivo de uma vida toda, sabem. Pois bem, consegui. Elizabeth Vernn eletrocutada. Última dança, reverência. Elizabeth, princesinha queimada eternamente.

35

Ok, vocês ainda estão aí? Não queriam que acabasse assim, não é? Não me digam que por um segundo acharam que eu fosse dar cabo da minha vida para acabar com a deles. Estão me decepcionando, de fato pensaram que eu fosse retardada.

Minha mãe me disse muitas vezes que eu era muito bonita e não muito boba. Se já não sou nem um pouco bonita, uma mísera "boneca inflável se esvaziando", continuo sendo não muito boba, ou seja, inteligente, se preferirem. Eu prefiro.

Esse parricídio, eu o preparei, elaborei na minha cabeça, até o vi passar na porra da tela que tenho diante dos olhos, esse teto branco que minha condição me obriga a ficar olhando o dia todo. Matei-os mil vezes, eu os vi sucumbir, gemer, eu os vi morrer. Tanto o desejei que aquilo me fez gozar, aquela cena ensaiada me fez estremecer de prazer. Uma fantasia, uma espécie de orgasmo.

Eu lhes disse, repito sempre que entram no quarto. Gostaria de matar vocês. Sua morte me daria prazer. Saber que sua única filha deseja matá-los, acreditem, é mais do que suficiente como caixão. Vão ter de viver com isso e, por justiça, espero que vivam uma eternidade encerrados nessa ideia.

Seja como for, já estou na prisão, as grades que me prendem são meus ossos e minha pele. Estou aqui encurralada desde que soprei aquelas sete velinhas, o cheiro acre da fumaça ainda me irrita o nariz, aquele vestido de princesa me aperta o pescoço, me impede a respiração, aquele vestido já não me serve de jeito nenhum. Com meu cabelo curto, meu diadema e meus braços enormes, tenho medo de mim.

Quem sou eu, afinal? Uma menina mimada e ingrata por quem os pais sacrificaram tudo, ou uma filha estragada pela tolice, pelas ambições contrariadas, pela covardia, pela leviandade? Sei lá. Vocês que decidam, e sua opinião não me interessa, o olhar dos outros já não me importa. Acabaram-se essas idiotices, já deu. Pus tudo no papel. Já lhes disse, vocês são a porra da minha terapia. Este diário não é meu testamento, não não, é o começo. A página seguinte é amanhã.

FSC
MISTO
Papel
FSC® C092828

2023
CARBON NEUTRAL
SAVE cerrado

Este livro foi composto com tipografia Adobe Garamond Pro e
impresso em papel Off-White 80 g/m² na Formato Artes Gráficas.